Un autre chemin

845M
Mai 2008

W.i.t.c.h.

Will   Irma   Taranee   Cornelia   Hay Lin

Un autre chemin

Adapté par Elizabeth Lenhard

AVENTURE

© 2008 Disney Enterprises, Inc
© 2008 Hachette Livre, pour la traduction française
Paru sous le titre original : *A Different Path*

Publié par Presses Aventure, une division de
LES PUBLICATIONS MODUS VIVENDI INC.,
55, rue Jean-Talon Ouest, 2e étage
Montréal (Québec)
H2R 2W8

Traduit de l'anglais par : *Agnès Piganiol*

Dépôt légal – Bibliothèque et Archives nationales du Québec, 2008
Dépôt légal – Bibliothèque et Archives Canada, 2008

ISBN 13 : 978-2-89543-466-5

Quand elle sortit de chez Cornelia avec Will, Irma et Hay Lin, Taranee était si bouleversée qu'elle se sentait tout juste capable d'ouvrir la porte de l'immeuble. Heureusement que le gardien était là pour lui épargner cette peine !

Comment Cornelia avait-elle pu se montrer aussi désagréable avec ses amies, après tout ce qu'elles avaient vécu ensemble ? Taranee n'en revenait pas.

Irma, apparemment moins affectée par les sautes d'humeur de leur amie, prenait les choses avec philosophie.

— Bon, après tout, nous avons fait notre possible ! déclara-t-elle d'un air insouciant. Sans grand succès, c'est vrai, mais...

— Ça se serait mieux passé si tu lui avais parlé autrement, lança Will, rouge de colère. Enfin, qu'est-ce qui t'a pris ?

Irma, abasourdie, la regarda avec des yeux ronds.

— Alors, toi aussi tu te mets à crier contre moi ? bredouilla-t-elle.

— Oui, bien sûr. Tu as été trop brutale avec Cornelia. Elle est déprimée, et on devrait essayer de l'aider.

Le visage d'Irma devint sérieux.

— Eh bien, aide-la, toi ! s'écria-t-elle. Moi, j'en ai assez de toute cette histoire !

Et elle planta là ses amies.

« Mais qu'est-ce qui leur arrive ? se

demanda Taranee. Après Cornelia, voilà maintenant Irma qui pique sa crise ! » Hay Lin était ennuyée, elle aussi, de la tournure que prenaient les événements.

— Irma, attends ! cria-t-elle.

Mais Irma poursuivit son chemin en fulminant. Hay Lin trottina derrière elle pour la rattraper.

— Je vais tâcher de la calmer, lança-t-elle par-dessus son épaule à Will et Taranee. À tout à l'heure !

— Bonne chance ! grommela Will, tandis

que Taranee lui faisait un petit signe de la main.

Si quelqu'un avait une chance de ramener Irma à la raison, c'était bien Hay Lin, sa complice. Elle était toujours prête à rire des blagues d'Irma, même des plus bêtes, et Irma avait toujours un mot gentil pour ses travaux artistiques ou ses trouvailles vestimentaires. Entre ces deux-là, l'entente était parfaite.

« Un peu comme moi et ma meilleure amie, songeait Taranee en regardant Will. Nous nous sommes comprises dès notre première rencontre. Sans doute parce que nous étions toutes les deux nouvelles au collège et aussi timides l'une que l'autre. »

Taranee sourit en se rappelant son entrée à l'Institut Sheffield. Après les cours, Will et Taranee étaient reparties ensemble à bicyclette et s'étaient très vite liées.

Elle se souvenait également de la soirée d'Halloween où elles avaient retrouvé Irma, Cornelia et Hay Lin. C'était là que leur groupe avait vraiment pris forme... et là aussi que les ennuis avaient commencé !

Elle revit soudain le visage d'Elyon, ses yeux bleu pâle et ses longues nattes dorées. Elyon avait été, à une époque, leur camarade de classe et la meilleure amie de Cornelia. Le soir d'Halloween, elle avait définitivement quitté Heatherfield pour rejoindre la Zone Obscure du Non-Lieu – ce monde étrange dont elle avait découvert qu'elle était la princesse, mais qui vivait sous la domination de son frère, le prince Phobos.

Phobos voulait s'emparer des pouvoirs magiques de sa jeune sœur pour régner à sa place. À cause de lui, l'univers courait un grand danger.

Taranee et ses amies avaient été chargées par l'Oracle de Kandrakar de veiller à la sécurité de la terre et, jusque-là, elles avaient accompli leur mission avec succès grâce à leurs pouvoirs magiques et à leur solide esprit d'équipe. Elyon avait retrouvé sa place légitime sur le trône de Méridian, et les conditions de vie dans la cité s'étaient beaucoup améliorées. Phobos était désormais enfermé en lieu sûr avec Cedric, son fidèle serviteur, et les Gardiennes pouvaient considérer leur tâche accomplie. Du moins pour l'instant.

Elles étaient donc libres.

Cette liberté, pourtant, n'était pas forcément synonyme de bonheur. En particulier pour Cornelia qui, dans toute cette aventure, avait perdu son amie Elyon, installée désormais à Méridian, et également Caleb, le garçon qu'elle aimait transformé en fleur par Phobos.

Taranee comprenait la détresse de Cornelia à cause des sentiments qu'elle-même éprouvait pour Nigel, le garçon aux doux yeux bruns qui lui plaisait tant. Et surtout parce qu'elle se sentait totalement solidaire de son amie. Ce qui comptait le plus dans sa vie, c'était l'amitié. Une amitié qui avait fait ses preuves et qu'elle croyait indestructible... jusqu'à aujourd'hui.

Taranee se tourna vers Will, qui se tenait assise par terre, les genoux repliés sous le menton et la mine renfrognée.

— Bon, on ne peut pas rester comme ça ! Il faut faire quelque chose, dit Taranee. Mais quoi ?

— Je n'en sais rien, ronchonna Will. Vraiment, je n'en ai aucune idée.

Là-dessus, elle se leva et, fourrant ses mains dans ses poches, elle s'en alla.

Taranee en resta éberluée. « Will doit en avoir par-dessus la tête de ces histoires de Gardiennes. Elle a peut-être juste envie d'oublier tout ça et de tourner la page. » Le cœur gros, Taranee se dirigea vers l'arrêt de bus au coin de la rue. Elle remarquait à peine les piétons qu'elle croisait sur le trottoir. « Que nous arrive-t-il ? » se demandait-elle.

Absorbée dans ses pensées, elle attendit l'arrivée du bus et y monta d'un air distrait. Pendant tout le trajet, elle songea aux tristes incidents de l'après-midi.

« De vraies amies devraient être capables de résoudre leurs problèmes. Alors, quoi ? Serions-nous en train de nous jouer la comédie ? Ne sommes-nous, après tout, que cinq étrangères unies par la peur ? Maintenant que la bataille de Méridian est terminée, notre amitié va-t-elle aussi prendre fin ? »

2

Après avoir quitté Taranee devant l'immeuble de Cornelia, Will rentra chez elle
sans se presser. Elle aurait bien voulu que
Taranee, Irma, Cornelia ou Hay Lin prêtent
une oreille compatissante à ses lamentations,
mais son attente avait été déçue.

« Pas étonnant ! songea-t-elle en soupirant. Aujourd'hui, tout va de travers !... Pour commencer, ce matin, mon loir a fait un trou dans mon T-shirt favori. Ensuite, au cours d'histoire, M. Collins n'a rien trouvé de mieux que de faire une interro et, comme par hasard, c'est à moi qu'il a posé la première question – une question impossible sur la guerre du Péloponnèse. Tout ça, bien sûr, parce que c'est le petit ami de ma mère et qu'il ne veut pas avoir l'air de me favoriser... »

Will revoyait sa mère main dans la main avec M. Collins au cours d'un dîner aux chandelles. « Elle peut bien sortir avec qui ça lui chante, mais pas avec mon prof d'histoire ! C'est trop gênant ! »

Enfin, pour couronner le tout, voilà que ses meilleures amies se disputaient ! On ne pouvait imaginer pire fin de journée...

En arrivant devant son immeuble, Will avait le visage tendu et la mine renfrognée. Vu la difficulté des rapports avec sa mère, ces derniers temps, le retour à la maison ne la réjouissait pas plus que le reste.

Elle prit l'ascenseur, ouvrit la porte de l'appartement et se dirigea aussitôt vers la cuisine.

« Avec tout ça, j'ai besoin d'un bon chocolat », se dit-elle.

Mais une surprise l'attendait dans le living.

— Tiens, tu es là, maman ? s'écria Will. Tu es rentrée de bonne heure, aujourd'hui.

— Bonjour, ma chérie ! répondit sa mère d'un ton joyeux. Je suis contente de te voir. Je voulais justement te parler.

« Aïe ! songea Will, voyant sa mère plus pâle que d'habitude. Généralement, quand elle commence comme ça, c'est pour annoncer de mauvaises nouvelles. » Elle prit une profonde inspiration et, se laissant tomber sur le canapé, se prépara au pire.

— Je t'écoute.

Sa mère croisa les bras et se mit à arpenter la pièce de long en large.

— C'est difficile à dire, commença-t-elle, avec un tremblement dans la voix. Bon, j'irai droit au but : j'ai demandé ma mutation au directeur de mon entreprise.

Will aurait voulu crier : « Quoi ? C'est impossible ! On ne peut pas déménager ! C'est une question de vie ou de mort ! » Mais sa langue ne lui obéissait plus. Elle essaya de se ressaisir en se cramponnant aux coussins du canapé pendant que sa mère poursuivait nerveusement :

— Nous déménagerons en juin, aussitôt après la fin de tes cours.

Will continuait à se taire de peur d'exploser si elle ouvrait la bouche. Mais, bientôt, son tempérament de Gardienne reprit le dessus.

« Suis-je restée plantée là comme une empotée quand Taranee était emprisonnée dans le palais de Phobos ? songeait-elle. Non ! J'ai volé à son secours avec les autres

Gardiennes. Et c'est moi qui, plus tard, ai mis fin aux plans machiavéliques de Cedric en posant sur sa tête la couronne ensorcelée. Je suis donc assez forte pour m'opposer à ma mère... Encore faudrait-il que je retrouve l'usage de la parole ! »

— M... mais... POURQUOI ? réussit-elle enfin à balbutier.

— C'est mieux pour tout le monde, surtout pour toi ! Je ferai le même travail, mais dans une succursale, et tu...

— Je ne veux pas déménager une nouvelle fois ! coupa Will, croisant les bras d'un air buté. Nous venons d'arriver !

Cette décision lui paraissait totalement absurde. Quitter Heatherfield et ses amies ? Renoncer à son destin de Gardienne ? C'était impensable ! Maintenant qu'elle se sentait enfin chez elle, ce n'était pas le moment de partir ! Et puis les Gardiennes devaient rester unies : la paix du monde en dépendait. L'Oracle leur avait ordonné d'être toujours prêtes.

Comment y parvenir à des centaines de kilomètres de là ? « Si seulement maman pouvait comprendre ! » se dit-elle, au bord des larmes. Elle écouta, inerte, les discours de sa mère.

— Je voulais t'en parler, mais tu deviens si distante ! Peut-être n'es-tu pas encore bien intégrée, ici...

— Et tu crois qu'un nouveau déménagement résoudra tout ? Il fallait décider ensemble. Cela me concerne aussi, non ?

Sa mère s'approcha d'elle et dit d'une voix plus douce :

— Nous recommencerons ailleurs, trésor. Heatherfield était peut-être un mauvais choix.

— Et M. Collins ? Tu y as pensé ?

« Il faut vraiment que la situation soit désespérée pour que je prenne le parti de M. Collins ! songea Will. Mais, à voir l'expression de maman, on dirait que j'ai touché un point sensible. C'est peut-être une bonne tactique ! »

La mère de Will appuya la tête sur ses mains et respira profondément avant de répondre tout bas :

— Je ne lui en ai pas encore parlé,

avoua-t-elle tristement. Mais il comprendra. Je veux seulement te voir heureuse. J'ai commis des erreurs ces derniers mois et...

— Et tu t'apprêtes à en commettre une autre ! cria Will en se levant.

Et elle se sauva vers sa chambre, tandis que sa mère lui courait après.

— Je ne veux pas partir ! cria-t-elle par-dessus son épaule.

— Attends, Will ! Discutons-en calmement. Depuis que nous sommes à Heatherfield, tu... tu n'es plus la même. Si ce n'est pas à cause du déménagement, alors c'est à cause de quoi ? Aide-moi donc à comprendre !

Will secoua la tête et se précipita dans sa chambre en claquant la porte derrière elle.

— Je n'accepte plus de parler à une porte fermée ! cria sa mère.

Le dos contre la porte, Will se laissa glisser jusqu'au sol et, les genoux repliés sous le menton, elle enfouit son visage dans ses bras et éclata en sanglots. Au bout d'un moment, elle entendit sa mère s'éloigner. C'est tout ce qu'elle souhaitait : être seule.

« Comment t'expliquer, maman ? songea-t-elle, en pleurant. Je ne peux pas te confier mon secret. Si je ne fais rien, dans quelques mois, les Gardiennes de la Muraille n'existeront plus. Il faut que j'en parle à quelqu'un... et tout de suite ! »

Les yeux encore humides, Will attrapa son téléphone dans la poche de son sweat-shirt. La personne qu'elle appelait comprendrait. Du moins, elle l'espérait.

3

Driiing ! Driiing ! Driiing !

Taranee jeta un coup d'œil dans le living, où le téléphone sonnait avec insistance, et fronça les sourcils. « C'est bizarre, se dit-elle. Je n'avais jamais remarqué à quel point la sonnerie de notre téléphone était désagréable. Il est vrai qu'en ce moment j'ai d'autres sujets d'énervement. Notamment... ma mère ! »

— Non, Taranee ! Un point c'est tout !

Les bras croisés sur la poitrine, la mine renfrognée, Taranee écoutait sa mère exposer ses raisons. D'habitude, la juge Cook savait trouver des arguments convaincants. Mais, aujourd'hui, elle manquait totalement d'objectivité !

— Je te le répète pour la dernière fois, insistait-elle, je n'aime pas te voir avec Nigel !

Avec ses cheveux de jais coupés au carré et son regard noir, elle paraissait plus sévère que jamais. Taranee, néanmoins, ne se laissa pas démonter.

— Nigel est juste un ami, maman ! Et il est gentil, je t'assure !

Le visage de sa mère s'adoucit un peu. Taranee restait cependant sur ses gardes. À première vue, ce changement d'expression semblait de bon augure, mais elle ne s'y laissa pas prendre. Elle connaissait sa mère :

celle-ci réfléchissait à la meilleure réponse qu'elle pourrait donner à sa fille.

Tandis que Taranee attendait le verdict, elle aperçut son frère, Peter, qui se dirigeait vers le téléphone de son pas bondissant. Il décrocha.

— Allô ? Ah, bonjour, Will. Ça va très bien, et toi ?

Après une pause, Peter jeta un coup d'œil par la large porte-fenêtre qui séparait le living ensoleillé de la cuisine.

— Oui, elle est à la maison, mais en grande conversation avec maman. Et j'ai comme l'impression qu'elles en ont encore pour un moment.

« Tiens, tiens !... D'où te vient donc cette impression, Peter ? » se dit Taranee. Elle soupira en le voyant raccrocher le téléphone puis s'avancer sur le seuil de la cuisine. Appuyé contre le montant de la porte, il regarda sa mère et sa sœur avec un sourire amusé.

« Génial ! se dit Taranee. Maintenant nous avons un spectateur. C'est de pire en pire : je ne peux même pas parler à ma meilleure amie au téléphone, Peter se moque de moi, et ma mère est totalement injuste. »

Taranee savait très bien pourquoi sa mère s'acharnait ainsi – et c'était ça le plus énervant. La juge Cook n'avait toujours pas pardonné sa faute à Nigel.

Pourtant, le Nigel que Taranee connaissait maintenant était vraiment gentil. Rien à voir avec ce qu'il avait été ou ce que sa mère croyait qu'il était encore.

« Elle pense qu'il fait toujours partie de la bande d'Uriah. »

Comme Nigel l'avait expliqué à Taranee, il était resté longtemps complice des mauvais coups d'Uriah – bien qu'avec réticence – jusqu'au jour où ils avaient été pris en flagrant délit.

Taranee se rappelait très bien ce qui s'était passé, ce jour-là. Après avoir entendu parler d'un monstre qui hantait le musée de Heatherfield, Uriah et sa bande, dont Nigel, avaient pénétré par effraction dans le grand bâtiment. Pour Uriah, cette mission représentait surtout un défi. Il ne croyait sans doute pas aux monstres.

Seules Taranee et les autres Gardiennes savaient que les rumeurs étaient fondées ! Il y avait bel et bien un monstre dans le musée – c'était Cedric qui revenait à Heatherfield pour éliminer les Gardiennes.

En fait, ni Cedric ni Uriah n'avaient réussi leur coup, ce soir-là. Quand l'alarme s'était déclenchée, Cedric était reparti par l'une des douze portes qui menaient à la Zone Obscure du Non-Lieu, tandis qu'Uriah et les autres avaient été arrêtés par la police.

La juge Cook avait condamné les quatre garçons à des travaux d'utilité publique. Une condamnation pas trop sévère, en définitive. Depuis lors, Nigel ne fréquentait plus Uriah. Et Taranee et lui s'entendaient de mieux en mieux.

« Maintenant, ma mère veut tout gâcher », se lamentait en secret Taranee.

— Depuis l'incident du musée, il a changé, protesta-t-elle, mais tu n'en tiens aucun compte ! Tu l'as jugé une fois pour toutes !

— Et après ? rétorqua sa mère. Au tribunal, je suis un juge impartial. Mais chez moi, j'ai le droit d'avoir mon opinion. Surtout quand il s'agit de l'avenir de ma fille et des gens qu'elle fréquente ! Nigel est peut-être innocent, gentil, mignon et tout, mais il ne me plaît pas !

Taranee, furieuse, tourna le dos à sa mère et quitta la cuisine. Elle entendit son frère intervenir en sa faveur.

— Alors, maman, disait-il, la sentence est vraiment sans appel ?

— Peter, ce n'est pas un défenseur qui manque à ta sœur, mais un peu de bon sens !

Taranee baissa la tête et courut s'enfermer

dans sa chambre pour ne plus entendre la voix de sa mère en colère et oublier cette conversation.

« Si maman pense que je vais cesser de voir Nigel, se dit-elle s'approchant de la fenêtre, elle se trompe. Comment peut-elle me demander ça ? »

Écœurée, elle se laissa tomber sur la banquette près de la fenêtre. Avec ses rideaux verts, ce coin était chaleureux et accueillant.

« Elle ne connaît pas Nigel aussi bien que moi, grogna-t-elle. Sinon, elle ne... Hé, qu'est-ce que c'est ? »

Du coin de l'œil, Taranee venait de voir quelque chose bouger dans le jardin. C'était trop gros pour être un écureuil ou un raton laveur. Elle s'approcha de la vitre, et aperçut alors, caché dans les buissons derrière le petit mur de brique qui entourait le jardin, un homme très grand et large d'épaules.

« Qui cela peut-il être ? » se demanda-t-elle. »

Autrefois, Taranee se serait réfugiée, toute tremblante, dans les bras de sa mère. Mais, à présent, le feu qui brûlait en elle la rendait forte et intrépide. D'un bond, elle enjamba la fenêtre, traversa la pelouse et se dirigea vers les buissons. Mais elle eut beau scruter les feuillages, elle ne vit personne.

« Je suis pourtant certaine... », se dit-elle. Elle mit sa main en visière au-dessus des yeux pour mieux voir. En vain. Pensant avoir rêvé, elle allait retourner vers sa chambre quand, tout à coup, elle aperçut de grosses lettres noires tracées sur le mur, juste en dessous de sa fenêtre. Les jambes flageolantes, elle courut voir de plus près. Quelqu'un avait écrit : *JE SAIS QUI TU ES, TARANEE.*

Elle faillit pousser un cri. Elle jeta à nouveau un coup d'œil en arrière – en tremblant, cette fois – et parcourut le jardin du regard... Personne à l'horizon...

« Qui a pu écrire ça ? se demanda-t-elle. Et que sait-il vraiment de moi ? »

Elle entendit, au loin, une sonnette de vélo.

« Mieux vaut tout effacer, se dit-elle. J'en parlerai aux autres. Notre secret aurait-il été découvert ? »

C'était le moment de faire appel à ses pouvoirs magiques. Paume tournée vers le mur, Taranee ferma les yeux. Elle sentit aussitôt une chaleur intense l'envahir, un agréable bouillonnement dans sa poitrine, puis un grésillement dans ses bras, jusque dans sa main.

Ksssssssss.

Elle rouvrit les yeux et vit un jet de fumée orange jaillir de sa paume tandis que des flammes attaquaient le mur de brique. En quelques secondes, les inscriptions disparurent.

Taranee se releva et regarda une dernière fois du côté des arbres, avant de regagner sa chambre.

« Je vais d'abord appeler Will, se dit-elle. Et ensuite Hay Lin. Oh, mais... »

Elle se rassit sur la banquette près de la fenêtre. Elle pensait soudain à quelque chose : là, dehors, elle venait d'utiliser ses pouvoirs magiques ! Bien sûr, elle n'avait vu personne dans les parages, mais qui sait ? Peut-être que quelqu'un observait en cachette chacun de ses gestes !

« Et si tout ça n'était qu'une blague ? s'inquiéta-t-elle. Je ferais peut-être mieux de me taire et d'attendre la suite des événements. »

Le dîner en famille fut plutôt silencieux. Sa mère, toujours fâchée, ouvrit à peine la bouche, et Taranee n'avait pas l'esprit tranquille.

Elle fit ses devoirs en soupirant et se coucha de bonne heure.

« Espérons que, demain, je pourrai oublier tout ça », se dit-elle.

Le lendemain matin, Taranee ouvrit paresseusement un œil et vérifia sur son réveil combien de temps il lui restait pour dormir. L'aiguille des minutes était sur douze et celle des heures sur... onze ?

— Oh là là ! Onze heures ! s'écria-t-elle. Je suis drôlement en retard ! Mon réveil n'a pas sonné !

Elle envoya promener drap et couverture, bondit de son lit, et se précipita vers la porte de sa chambre.

— Pourquoi personne ne m'a réveillée ? cria-t-elle.

Elle courut dans le couloir, guettant une réaction de son père dans son bureau, de sa mère ou de son frère.

— Maman ! appela-t-elle. Papa ? Peter ?

Silence. À la cuisine, la table était propre et débarrassée. Rien ne traînait sur les meubles. Les lumières étaient éteintes et la cafetière vide.

« Personne ! grommela Taranee. Ils sont tous déjà partis. Et ils m'ont oubliée. Eh bien, bravo ! » Elle regarda la pendule : onze heures et deux minutes.

« Puisque je suis déjà en retard, se dit-elle, autant prendre un quart d'heure de plus pour mon petit déjeuner. Je meurs de faim ! »

Elle se dirigea vers le réfrigérateur en

frottant ses yeux tout gonflés de fatigue. Avec cette inscription sur le mur, elle n'avait pas fermé l'œil de la nuit, et elle se demandait encore qui avait bien pu écrire ce message.

Elle prit un pot de confiture de cerises et deux tranches de pain blanc moelleux qu'elle mit dans le grille-pain, puis attendit.

« C'est peut-être une blague d'Irma... »

Le seul fait d'imaginer Irma se faufilant dans le jardin avec un pot de peinture mit Taranee de bonne humeur.

« Mais bien sûr ! se dit-elle. C'est exactement le genre de truc qu'elle est capable de faire à ses amies. Elle doit en rire toute seule. »

Les toasts étaient prêts. Taranee étala la confiture sur les deux tranches chaudes.

« Je l'interrogerai », décida-t-elle.

Satisfaite de son idée, elle s'assit à la table de la cuisine et mordit dans son toast avec appétit. Soudain, elle entendit un bruit sourd.

Klump !

Elle s'arrêta aussitôt de mâcher et se

retourna, inquiète. Le bruit venait de sa chambre !

Elle se leva d'un bond et se précipita vers la porte de la cuisine. Le long couloir était vide et la porte de sa chambre fermée. En tremblant, elle retourna vers sa chambre sur la pointe des pieds.

« C'est peut-être juste un objet qui est tombé, se dit-elle. À moins que ce ne soit le vent. »

Arrivée au bout du couloir, elle n'eut qu'une envie : faire demi-tour et s'enfuir à toutes jambes. Mais elle attrapa la poignée, poussa la porte et passa la tête par l'entre-bâillement en retenant son souffle.

« Ouf ! Personne ! Quelle trouillarde je suis ! » s'avoua-t-elle, un peu honteuse.

Elle avança prudemment et lâcha la poignée de la porte qui se referma lentement, dans un grincement sinistre. Elle sentit ses poils se hérisser sur sa nuque. Avec une extrême méfiance, elle parcourut sa chambre du regard. Qu'allait-elle y découvrir ? Une forme bizarre sous ses draps ? Une ombre menaçante dans un coin ? Ou...

— Aaaaah ! cria-t-elle.

Sur la glace, à l'intérieur de son armoire, s'étalaient de nouvelles inscriptions tracées cette fois à la peinture rouge ! Comme elle n'avait pas pris le temps de remettre ses lunettes, elle dut s'en approcher pour lire le message :

JE SAIS QUI TU ES !

— Non ! hurla Taranee.

Puis, elle aperçut une photo et s'écria, horrifiée :

— Mais c'est moi !

L'image représentait, en effet, son visage à moitié enfoui dans l'oreiller. Et elle portait le débardeur rose qu'elle avait sur elle en ce moment !

« Quelqu'un est donc entré dans ma chambre cette nuit et a pris cette photo pendant que je dormais. » Elle s'assit enfin sur son lit et regarda vers l'étagère où était habituellement rangé son appareil photo. Celui-ci se trouvait sur l'étagère du haut, à gauche, et non sur l'étagère du milieu, là où elle avait l'habitude de le mettre.

« C'est impossible ! » se dit-elle.

Encore sous le choc, elle ramassa un jean par terre, prit un pull vert au hasard dans son placard et s'habilla en vitesse.

« Il faut immédiatement avertir les autres. »

Elle sortit en claquant la porte et courut vers son vélo. « J'aurais dû parler à mes amies de ces graffiti, dès hier soir. »

Elle enfourcha son vélo et se mit à pédaler vigoureusement.

« J'aurais dû aussi me réveiller plus tôt... Agir plus vite, faire quelque chose avant d'en arriver là. Je n'ai pas été assez méfiante. »

À l'Institut Sheffield, elle ne prit même pas le temps de cadenasser son vélo et se dirigea tout de suite vers l'auditorium.

« J'espère seulement qu'il n'est pas trop tard ! »

Hay Lin pénétra dans le collège en bâillant.

« Quelle nuit ! songeait-elle. Cet incident d'hier chez Cornelia m'a empêchée de dormir. Et cette dispute entre Will et Irma... on s'en serait bien passé !... Tout cela n'est pas digne des Gardiennes. Même mes parents ont perçu mon inquiétude, hier soir. Et ce n'est jamais bon signe. » Elle soupira. Ces sombres pensées la minaient. Il fallait absolument qu'elle les chasse de son esprit.

« Je ne vais pas continuer à broyer du noir indéfiniment. Allez, secoue-toi, ma vieille, se dit-elle. Aujourd'hui, tout ira mieux. »

Une foule d'élèves avait déjà envahi les couloirs pour l'assemblée annuelle de l'Institut Sheffield. Hay Lin entra, le sourire aux lèvres, en songeant qu'au moins, ce jour-là, il n'y aurait pas de cours.

— Avancez, les enfants ! criait Mme Knickerbocker.

Cette voix tonitruante fit sursauter Hay Lin. Elle se retourna et vit la coiffure gonflée de la directrice émerger au milieu d'un essaim d'élèves.

— Par ici, s'il vous plaît ! lançait Mme Knickerbocker aux élèves encore endormis. Il y a encore des places au premier rang. Ne restez pas au fond !

Soudain, parmi la foule, Hay Lin reconnut

Will. Son amie n'avait pas l'air en forme mais elle parut soulagée en l'apercevant et se faufila à travers la cohue pour la rejoindre. Elles entrèrent ensemble dans l'auditorium, choisirent une rangée et s'installèrent sur deux chaises derrière Martin Tubbs.

Hay Lin ne put s'empêcher de sourire en voyant le soupirant d'Irma avec ses grosses lunettes rondes qui lui tombaient sur le nez. Les remarques cinglantes de leur camarade n'avaient jamais découragé cet éternel chevalier servant, qui continuait à lui adresser des déclarations enflammées.

Irma, il faut le reconnaître, avait l'esprit railleur et toujours le mot pour rire. Hay Lin la trouvait très drôle... Enfin, d'habitude... Parce que, ce matin, Irma semblait d'humeur plutôt grincheuse. Hay Lin l'avait repérée un peu plus loin, au milieu d'une rangée d'élèves qu'elle ne connaissait pas.

« Tiens, tiens, avait-elle songé, Irma est à l'heure, pour une fois... Comme c'est bizarre ! Elle est même *en avance*, ce qui n'arrive jamais. Elle aurait pu me garder une

place au lieu d'aller s'asseoir toute seule !...
Surtout aujourd'hui ! » L'année précédente,
Irma l'avait fait rire pendant toute la séance.
« Aujourd'hui, elle m'ignore complètement.
Elle doit être furieuse à cause d'hier. Je n'ai
pourtant rien fait, moi ! »

Heureusement, Will tombait à point pour
empêcher Hay Lin de sombrer dans la moro-
sité. Elle paraissait intriguée par les visages
perplexes des élèves et regardait avec éton-
nement la scène de l'auditorium couverte de
citrouilles.

— Je ne comprends toujours pas quel est
le thème de cette réunion, confia Will à son
amie.

— La première fois que j'ai entendu parler de cette journée, dit Hay Lin – le grand
jour des Citrouilles –, j'ai cru que c'était
une blague !

En entendant ces mots, Martin se
retourna.

— Tous les ans, souffla-t-il, on célèbre la
naissance de Sherwood J. Sheffield, le fondateur de l'école. C'est une tradition.

Visiblement, ça n'impressionnait pas beaucoup Will.

— Ah, bon ? fit-elle en haussant les épaules.

Et elle reprit aussitôt sa conversation avec Hay Lin :

— Où sont les autres ? Elles sèchent ?

— Cornelia est encore chez elle. Je n'ai pas vu Taranee, et Irma est là-bas.

Avec un certain agacement, Hay Lin pointa le doigt vers leur amie qui fixait la scène d'un regard vide. Elles auraient pu s'attendre à la voir rire, bavarder, se vernir les ongles ou se mettre du rouge à lèvres... Mais, assise sur sa chaise, Irma ne bougeait pas.

— Qu'est-ce qu'elle fait là-bas ? s'étonna Will.

— Je me le demande. Hier soir, je n'arrivais pas à la calmer et, aujourd'hui, elle m'évite.

Avant que Will puisse répondre, Martin se tourna à nouveau vers les deux filles. Ses yeux brillaient derrière ses verres de lunette.

— Hé ! La cérémonie va commencer ! annonça-t-il, tout excité.

— Eh bien, profites-en, Martin ! répondit Hay Lin.

Elle jeta un dernier coup d'œil du côté d'Irma avant de fixer son attention sur la scène.

« Quelle barbe ! se dit-elle. Sans les plaisanteries d'Irma, cette journée va être mortelle. »

Mme Knickerbocker ne semblait pas de cet avis. Prenant son rôle très à cœur, elle commença avec enthousiasme :

— Il y a cent ans, le banquier Sherwood J. Sheffield décida d'offrir une école à sa ville. Il choisit lui-même le terrain sur lequel elle devait être construite.

« Toujours le même bla-bla, songea Hay Lin en soupirant. Je devrais peut-être lui suggérer quelques améliorations pour l'an prochain. Elle avait bien aimé ma pièce à Noël. On pourrait l'égayer un peu, ce discours, je ne sais pas, moi... y ajouter une note humoristique : une recette de tourte au potiron, par exemple... »

— M. Sheffield n'était jamais allé à l'école, poursuivit la directrice. Il savait toutefois à quel point il était important d'étudier, et possédait un bon sens de l'humour. Il avait choisi un champ de citrouilles pour construire le collège non seulement parce qu'il adorait ce légume, mais aussi parce qu'un jour, pensait-il, le collège produirait, lui aussi, des grosses têtes...

Tandis que Mme Knickerbocker épiloguait sans fin sur les origines du collège, Hay Lin s'amusait à imaginer Sherwood J. Sheffield, la canne pointée vers le champ plein de grosses citrouilles orange, et souriant malicieusement sous son épaisse moustache.

— Le premier directeur de l'Institut Sheffield, M. Folder, était convaincu que les meilleurs éléments de Heatherfield sortiraient de cet institut. Par la suite, la citrouille et ses tiges rampantes devinrent le symbole de notre école.

« On s'en serait douté ! se dit Hay Lin en riant. Ces citrouilles sont partout : sur le portail en fer forgé, au-dessus des haut-parleurs de l'interphone dans chaque classe, sur tous les plateaux de la cafétéria et même sur les carreaux des toilettes des filles ! »

— Bien des années plus tard, continuait Mme Knickerbocker, l'établissement qui portait son nom ayant acquis une excellente réputation, le vieux M. Sheffield le dota d'une vaste bibliothèque. Au cours des cent années qui ont suivi, celle-ci n'a cessé de s'enrichir. Et nous devons encore en remercier...

« Nous y sommes, se dit Hay Lin en grimaçant. Le clou du spectacle... »

— ... nous devons encore en remercier aujourd'hui Sherwood Sheffield III, le petit-fils de notre bien-aimé fondateur, conclut Mme Knickerbocker.

Elle tendit le bras vers le fond de la scène où un petit monsieur très âgé se levait lentement de son siège. Appuyé sur sa canne, il s'avança vers le podium en saluant les élèves de la main comme une star.

— Hé, hé, hé ! fit-il d'une voix chevrotante.

Il déposa un paquet de feuilles sur le podium et s'éclaircit bruyamment la voix. Puis Sherwood J. Sheffield III prit la parole :

— Quand j'étais petit, dans le bon vieux temps...

Il parla ainsi pendant des heures, à croire qu'il ne s'arrêterait jamais.

Hay Lin, qui n'en pouvait plus, cherchait désespérément une distraction. Autour d'elle, les élèves hochaient la tête tout en lisant des livres posés sur leurs genoux, ou bien se regardaient dans des miroirs de poche. Elle se tourna pour jeter un coup d'œil vers les rangs du fond.

Soudain, une des portes de l'auditorium s'ouvrit, et la tête de Taranee apparut ! Hay

Lin vérifia l'heure à sa montre : il était onze heures bien sonnées !

« Taranee a dû se réveiller sacrément en retard, se dit-elle. À moins qu'elle n'ait eu un problème. »

Elle scruta le visage de son amie pour essayer de comprendre : Taranee, toute pâle, avait ses lunettes de travers et son cardigan boutonné n'importe comment.

« Oh, oh ! songea Hay Lin. Je ne me suis pas trompée. Il y a bien quelque chose qui cloche ! »

Hay Lin n'avait qu'une envie : bondir de sa chaise et aller aux nouvelles. Malheureusement, Sherwood J. Sheffield III avait d'autres idées à développer. Et son discours n'en finissait pas.

— ... Et ce que je suis, je le dois à mes études, à mon travail et aussi à mon grand-père qui m'a légué sa banque. Je vous remercie de votre attention.

Mme Knickerbocker s'approcha du vieux banquier avec un sourire jusqu'aux oreilles et le félicita :

— Beau discours, monsieur !

M. Sheffield remercia d'un hochement de tête. La directrice se tourna vers les élèves qui s'étiraient, se frottaient les yeux et se tortillaient sur leurs chaises.

— Remercions M. Sheffield, dit Mme Knickerbocker avec enthousiasme, et espérons que nous le reverrons l'an prochain sur cette scène.

— Vous, je ne sais pas, mais moi, en tout cas, je serai là ! déclara le vieil homme tandis que l'auditoire applaudissait mollement.

— Magnifique, répondit Mme Knickerbocker, avec une note de lassitude dans la voix. Bon, maintenant, allons dans le hall où a été dressé un petit buffet... Mais sans courir, s'il vous plaît !

— Ouais ! s'écria Hay Lin tandis que ses voisins bondissaient de leurs chaises.

— Allez, avancez ! criaient les élèves en se bousculant dans les allées.

Taranee, qui venait d'entrer, faillit se faire écraser par la foule.

— Will ! Hay Lin ! cria Taranee tandis qu'elle se frayait un chemin vers les Gar-

diennes, à travers la cohue. J'ai quelque
chose à vous dire.

Will ouvrit de grands yeux et confia à
Hay Lin :

— Moi aussi, j'ai quelque chose à vous
dire.

— Mais moi, c'est important ! cria Taranee, qui venait de les rejoindre.

— Moi aussi ! insista Will.

— Hé, doucement, les filles ! intervint
Hay Lin. Une seule à la fois !

Elle essaya de prendre un ton détaché
mais, en réalité, elle avait peur.

« Je croyais qu'aujourd'hui la situation se serait améliorée, songea-t-elle en soupirant. On dirait, au contraire, que nos problèmes s'aggravent. »

5

Will, Taranee et Hay Lin réussirent finalement à sortir de l'auditorium avec leurs
camarades de classe, tous ravis de retrouver
la liberté. La pelouse de l'Institut Sheffield
fourmillait d'élèves qui bavardaient joyeuse-
ment autour du buffet.

« J'aimerais tant pouvoir me détendre et me réjouir avec eux ! » se dit Will. Elle se tourna vers ses amies. « Il faut que je leur raconte ce qui m'arrive... mais par quoi dois-je commencer ? Tout ça est tellement incroyable ! »

Pour la centième fois depuis le début de la journée, Will repassait dans sa tête les moments qui avaient précédé l'instant où sa mère lui avait annoncé l'affreuse nouvelle.

Depuis qu'elle était Gardienne du Cœur de Kandrakar, elle s'était habituée à être de plus en plus souvent celle qui arrangeait tout. Elle savait aplanir les tensions dans le groupe, trouver des idées quand les autres en manquaient et réconforter, si besoin, une amie dans le besoin. En sortant de chez Cornelia, la veille, elle s'était rendue tout de suite à l'animalerie, où elle travaillait de temps en temps pour M. Olsen − et où elle pouvait voir Matt, son petit-fils.

Normalement, elle n'y travaillait pas ce jour-là. Et, pour une fois, elle ne cherchait pas particulièrement à rencontrer Matt. Non, ce jour-là, elle avait une autre idée en tête.

Elle sourit en se rappelant sa visite.

En franchissant la porte du magasin, Will était d'humeur chagrine.

— Bonjour, monsieur Olsen, avait-elle dit d'une voix mélancolique.

POUR QUI, CE CADEAU ?

POUR UNE AMIE QUI N'A PAS LE MORAL, MONSIEUR OLSEN !

ALORS, JE TE CONSEILLE CE *CHAT* ! IL EST TRÈS GENTIL, MAIS AUSSI INDÉPENDANT ET ORGUEILLEUX !

INDÉPENDANT ET ORGUEILLEUX ! COMME ELLE !

Aussitôt, le vieux perroquet déplumé, perché près de la caisse, avait émis un glousse-ment triste. Les chats, les chiens, les hamsters s'étaient mis à gémir et Will s'était alors souvenue qu'elle ne devait jamais entrer dans l'animalerie, triste ou préoccu-pée, car les bêtes, très sensibles à ses états d'âme, devenaient également déprimées.

Will s'était donc efforcée de prendre un ton un peu plus gai.

— J'ai un cadeau à faire, monsieur Olsen.

— Pour qui ?

— Pour une amie qui n'a pas le moral, avait répondu Will. J'aimerais lui apporter quelque chose qui lui fasse vraiment plaisir.

— Alors, je te conseille ce petit chat, avait suggéré M. Olsen.

En disant ces mots, il s'était agenouillé derrière le comptoir. Will avait regardé par-dessus l'épaule du vieux monsieur et découvert un adorable chaton gris aux grands yeux verts qui jouait avec une balle dans son panier.

— Il est très gentil, avait expliqué M. Olsen, mais en même temps indépendant et fier.

« Indépendant et fier ? s'était dit Will. Tout à fait ce qu'il faut pour Cornelia ! »

Soudain, le chaton avait bondi hors de son nid douillet pour venir fourrer son nez contre le bas de son jean. Ravie, Will l'avait pris dans ses bras et il s'était frotté contre son cou.

— Je suis sûre que mon amie l'adorera et qu'elle s'en occupera bien !

— Dans ce cas, il est à elle.

Will avait fouillé dans sa poche et trouvé seulement dix dollars. Craignant la somme insuffisante, elle avait demandé, un peu inquiète :

— Combien je vous dois ?

— Rien du tout, avait répondu M. Olsen. Je te l'offre... pour ton amie !

— Oh, je ne peux pas accepter ! avait-elle protesté.

— Mais si, mais si ! avait insisté M. Olsen.

Et, après avoir enfermé le chaton dans un panier à chat, il le lui avait fourré dans les bras.

— Maintenant, file avant que je ne change d'avis ! avait-il dit.

Will l'avait remercié chaleureusement en

lui promettant, en échange, de travailler pour lui trois après-midi, la semaine suivante.

Elle avait vraiment envie de faire plaisir à Cornelia. Pourtant, leurs relations n'avaient pas toujours été faciles. Surtout lorsque Will était devenue Gardienne du Cœur de Kandrakar. Cornelia supportait mal d'être dirigée. Mais petit à petit, Will ayant fait ses preuves dans les combats contre Cedric, leurs rapports s'étaient nettement améliorés.

La rencontre de Caleb avait également beaucoup contribué à arrondir les angles. Grâce à ce jeune rebelle de la Zone Obscure du Non-Lieu qui avait aidé Elyon à reconquérir son trône, Cornelia avait découvert non seulement l'amour, mais aussi l'importance de certaines valeurs, telles que l'honneur, l'amitié et l'esprit d'équipe.

La disparition de Caleb pouvait expliquer qu'elle ait oublié certaines de ces leçons...

Arrivée devant l'immeuble de Cornelia, Will s'était fait ouvrir le portail par le gardien qui, la voyant chargée, lui avait proposé son aide.

— Merci, avait-elle répondu. J'aimerais déposer ceci chez Cornelia Hale.

— Je peux m'en occuper si vous voulez. Je suis là pour ça.

Will avait sauté sur l'occasion.

— Oh, avec plaisir ! Si ce n'est pas trop vous demander. J'ai également un petit message pour elle.

Elle avait sorti un marqueur et un papier de sa poche et griffonné quelques mots en souriant.

À présent, Will ne souriait plus. Elle regardait avec envie les élèves qui parlaient et riaient autour d'elle.

« Moi aussi, j'étais heureuse quand j'ai déposé le chaton chez Cornelia », songea-t-elle. Mais sa mère ne lui avait pas encore annoncé, alors, qu'elles allaient quitter Heatherfield. Will ne pouvait pas imaginer la tournure qu'allaient prendre les événements, et c'est avec une grande confiance qu'elle avait écrit à Cornelia, en grosses lettres vertes : « Affectueusement, Will. »

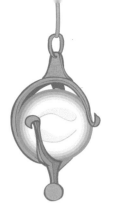

6

Hay Lin regarda tour à tour Will et Taranee. « Visiblement, ça ne va pas fort », se
dit-elle. Au même moment, elle aperçut Irma
parmi les élèves qui sortaient de l'auditorium. De ce côté-là, ce n'était pas mieux :

Irma, toujours aussi froide et distante, faisait comme si elle ne la voyait pas.

« Je sais qu'elle est têtue, se dit Hay Lin, mais cette fois ça va trop loin, et je ne vais pas la laisser filer comme ça. Ce serait incroyable que même nous deux, on n'arrive pas à s'entendre ! »

Hay Lin serra les poings et se tourna à nouveau vers Will et Taranee.

— Si ce que vous avez à dire est important, attendez qu'Irma soit là.

Will et Taranee hochèrent la tête et Hay Lin se dirigea vers Irma en réfléchissant à la stratégie qu'elle allait utiliser pour l'amadouer.

« Je commencerai par un sourire et, si ça ne marche pas, j'emploierai la manière forte. »

Elle s'approcha d'Irma par-derrière et lui tira une mèche de cheveux. Irma tourna la tête et la regarda avec indifférence.

— Irma, peux-tu venir un moment ? Il s'agit d'une réunion extraordinaire.

— Euh, là, je suis pressée. On ne pourrait pas se voir plus tard ?

Hay Lin insista :

— Écoute, j'ai l'impression que Will et Taranee ont un problème.

— Je t'ai dit que j'étais pressée, répéta Irma, poursuivant son chemin.

Hay Lin commençait à s'énerver. Elle faillit rétorquer : « Tu te moques de moi, ou quoi ? » Mais pour ne pas envenimer la situation, elle dit simplement :

— Ne t'en va pas quand je te parle ! Il s'agit de tes amies ! Qu'est-ce qui est plus important ?

Irma s'arrêta. Hay Lin, pensant qu'elle allait s'excuser et rejoindre le groupe, continua à lui sourire d'un air engageant. Mais Irma n'avait pas changé d'avis.

— Pas maintenant, Hay Lin.

Le sourire de Hay Lin disparut. Soudain, une voix appela :

— Irma !

Hay Lin sursauta. Cette voix claire et rieuse ne lui était pas inconnue.

— J'arrive ! répondit Irma.

Elle se dirigea en courant vers une jeune fille qui l'attendait, debout contre un pilier.

Vêtue d'un T-shirt décolleté vert qui lui arrivait au-dessus du nombril, la fille en question avait des hanches arrondies, de longues jambes bien musclées, des yeux bleus, des cheveux ondulés, et un visage qui, comme sa voix, semblait étrangement familier à Hay Lin.

— Ça, alors ! s'écria soudain Hay Lin.

Will et Taranee accoururent à leur tour pour examiner de plus près cette mystérieuse personne.

— Qu'est-ce qui se passe ici ? interrogea Will.

Taranee, elle aussi, était sidérée. La seule qui ne semblait pas surprise par la présence de cette fille était Irma.

— Salut, Stella ! dit-elle en levant vers l'inconnue un visage épanoui.

— Irma ! s'exclama la fille en riant, avec un regard en douce en direction du groupe qui se formait rapidement autour d'elle. Je ne pensais pas te voir là, au milieu de tous ces garçons !

— Qui est cette fille ? Vous la connaissez ? murmura Hay Lin à Will et Taranee.

Elles essayèrent de s'approcher d'Irma et Stella, mais elles n'étaient pas seules. Tandis qu'Irma présentait Stella, les garçons arrivaient en foule. Les yeux brillants, le sourire béat, ils semblaient tous amoureux fous. Les deux filles, ravies de leur succès, roucoulaient de plaisir.

— C'est ma cousine Stella, expliquait Irma à ses admirateurs. Je vous en avais parlé, vous vous rappelez ? Eh bien, la voici !

— Bonjour, Stella ! dit l'un des garçons avec enthousiasme.

C'était Andrew Hornby, celui qu'Irma avait, un jour, transformé en crapaud.

— Salut ! répondit Stella d'un ton enjôleur.

— On se connaît, non ? Il me semble t'avoir déjà vue quelque part.

— Possible, répondit-elle en minaudant. Je fréquente des quantités d'endroits et rencontre des tas de gens. Comment t'appelles-tu ?

Sans laisser à Andrew le temps de

répondre, Will s'interposa. Elle regardait la nouvelle venue d'un air furieux.

— Je vais te dire son nom, Stella. C'est Andrew Hornby. Es-tu bien certaine de ne l'avoir jamais rencontré ?

— Euh..., fit Stella, déroutée par cette interruption. Euh, enfin... je...

Will attrapa alors le bras de Stella et celui d'Irma.

— On y va, maintenant ! ordonna-t-elle d'un ton énergique. Dis au revoir à tes copains, Stella !

Stella avait beau dépasser Will d'une bonne tête, celle-ci n'eut aucun mal à entraîner les deux « cousines » loin de leurs admirateurs.

— À bientôt, Andrew ! gloussa Stella.

— Oui, à bientôt, Stella ! répondit Andrew en la dévorant des yeux.

Hay Lin et Taranee haussèrent les épaules et suivirent le trio. Quand toutes les filles furent sorties du collège et à l'abri des regards indiscrets, Hay Lin interrogea Will.

— Will, tu es devenue folle ?

— Voyons, Hay Lin, tu n'as pas encore compris ?

Et, s'adressant à Stella, elle ajouta :

— Alors, *Irma*, explique-lui toi-même ! Ou bien, peut-être préfères-tu que ta goutte astrale le fasse pour toi ?

— Quoi ! ! ! s'écria Hay Lin, examinant successivement les deux Irma.

« Ça, par exemple ! se dit-elle. Voilà pourquoi il me semblait avoir déjà vu Stella. C'est Irma changée en adulte ! Tandis que l'autre, c'est le double créé par Irma. Tout ça, grâce à la magie... »

L'expression coupable de Stella se comprenait : Irma avait abusé de ses pouvoirs de façon scandaleuse.

— D'accord, je vais tout expliquer ! protesta la véritable Irma.

— Il n'y a rien à expliquer, coupa Will.
Tu as commis une faute très grave. Tu t'es
de nouveau transformée pour séduire
Andrew Hornby ! Ça ne t'a pas suffi de le
transformer en crapaud la première fois ?

— Je n'aurais fait de tort à personne,
Will, insista Irma. C'était juste une blague.

« C'est vraiment du Irma tout craché ! »
se dit Hay Lin.

Will n'acceptait pas les excuses d'Irma.

— Tu joues avec tes pouvoirs, lui repro-
cha-t-elle. Et tu sais qu'après notre dernière
mission, l'Oracle nous a demandé de les utiliser à bon escient, et pas pour s'amuser.
Qu'est-ce qui t'a pris ? Comment as-tu pu
faire ça ?

— Bon, j'ai eu tort, excuse-moi, ça te va ? Mais ce n'est pas la peine de dramatiser !

Irma jeta un regard autour d'elle en même temps que Hay Lin. L'endroit était quasiment désert. La plupart des élèves avaient déjà quitté l'école. Après cette longue assemblée tout le monde avait eu hâte de s'en aller.

— Finalement, reprit Irma, il ne s'est rien passé...

— Je ne suis pas de ton avis, Irma, répliqua Will. Mais ce n'est ni le lieu ni le moment pour en parler. Alors, fais disparaître ta goutte astrale, et reprends ta forme normale !... Il n'y a personne à l'horizon.

— D'accord, dit Irma.

Irma ferma les yeux et tendit les mains devant elle. De légères volutes bleues s'échappèrent du bout de ses doigts. Mais sa nouvelle silhouette resta inchangée.

Irma rouvrit les yeux, regarda son corps... et resta bouche bée.

— Eh bien, qu'attends-tu ? s'impatienta Will.

— Je... je... je n'y arrive plus !

Comme Irma n'avait pas réussi à se transformer, les quatre filles décidèrent d'aller
chez Taranee pour essayer de résoudre le
problème. Irma se regarda dans le miroir de
la chambre et souffla une mèche qui retom-
bait sur ses yeux bleus et ses longs cils.

Condamnée à garder sa silhouette de rêve, elle se sentait prise à son propre piège. Que pouvait-elle faire, à présent ? Elle jeta un regard hésitant vers ses amies. Will et Hay Lin l'observaient d'un air plein de reproche, tandis que Taranee guettait par la fenêtre avec une certaine inquiétude.

— Alors ? demanda Will d'un ton irrité.

— Rien ne se passe pour le moment, se lamenta Irma.

— Dépêchez-vous ! supplia Taranee. Mon frère peut rentrer d'un instant à l'autre.

— Pourquoi tu me regardes ? protesta Hay Lin. C'est à Irma qu'il faut dire ça !

Irma soupira, puis ferma les yeux très fort et joignit les mains.

« Bon, se dit-elle, je ne sais pas si vous m'entendez, là-haut, Oracle, mais si vous avez voulu me donner une leçon, c'est réussi. Maintenant, aidez-moi à redevenir normale et je ne me transformerai plus jamais pour plaire aux garçons, je vous le jure... Même si Andrew Hornby écrit une lettre d'amour à Stella. Laissez-moi reprendre ma forme habituelle, je vous en prie ! »

Satisfaite de sa prière à l'Oracle, Irma agita les mains jusqu'à ce qu'elle sente les étincelles magiques lui chatouiller le bout des doigts. Puis elle se concentra sur le seul but de l'opération : sa transformation. Lorsque, après tous ces efforts, elle sentit la magie se dissiper, elle rouvrit les yeux...

— Oh, non ! gémit-elle.

C'était toujours Stella qu'elle voyait dans la glace. Elle se tourna vers Will qui grognait à côté d'elle.

— Je vous répète que mon pouvoir ne marche plus. Je ne peux plus me transformer. Qu'est-ce... qu'est-ce que ça signifie ?

— Je ne sais pas, avoua Will avec un geste d'impuissance. C'est la première fois que ça arrive.

— Et si tu utilisais le Cœur de Kandrakar ?

— Il n'a rien à voir là-dedans. En général, on n'a pas besoin de lui pour se transformer.

— Will a raison, confirma Hay Lin, il sert juste à accroître nos pouvoirs.

— Par pitié ! implora Irma. Faites quelque chose ! Je ne peux pas rester comme ça !

— N'est-ce pas ce que tu as toujours voulu ? lança Will.

— Oh, je t'en prie, Will, rétorqua Irma. Garde ta morale pour plus tard !

Les bras croisés sur la poitrine, Will la fusillait du regard. Taranee, elle, prit les deux mains d'Irma dans les siennes et l'encouragea avec douceur.

— Ne panique pas, Irma. Concentre-toi encore sur le but à atteindre.

Ces propos apaisants produisirent un effet bienfaisant sur toutes les filles. Lorsque Will s'exprima à son tour, sa voix était plus calme.

— Taranee a raison. Allez ! Essaie encore !

Irma serra les poings, les appuya sur ses tempes et se concentra à nouveau.

— Oui, dit-elle, je jure que si je redeviens normale, je ne ferai plus jamais ce genre de bêtise !

— Continue ! Continue ! Ça va marcher ! Tu vas réussir !

Irma contracta les paupières et répéta dans sa tête : « Change-change-change ! Par pitié, change ! »

Fzank !

Elle rouvrit les yeux. Il s'était bien produit quelque chose ! Elle avait entendu un bruit affreux – comme un ballon qui se dégonflerait d'un seul coup – et sa tête lui paraissait bizarre.

Elle regarda ses amies. Toutes trois semblaient atterrées : Taranee avait la main devant la bouche, Will avait pâli et Hay Lin, qui lui tendait un autre miroir, avait la main qui tremblait.

En voyant son image dans le miroir, Irma poussa un cri :

— Quelle horreur ! J'ai une tête minuscule sur un corps de géante. C'est monstrueux !

« Je ne pourrai plus jamais retourner au collège ! se dit-elle, catastrophée. Ni mettre le nez dehors ! »

Will, cependant, se montra moins pessimiste.

— Insiste, cria-t-elle. Tu y es presque. Allez, encore un effort !

Irma hocha la tête, serra les paupières et, avec des grognements, rassembla une fois de plus toute son énergie.

Fzank !

Hay Lin lui présenta de nouveau le miroir.

— Hein ? ! s'écria-t-elle.

Le haut de son corps avait repris sa forme

normale... il y avait juste une chose qui clochait – ou plutôt deux...

— Des ailes de papillon, maintenant ! s'exclama-t-elle en tournant son regard vers les deux ailes irisées qui battaient dans son dos.

— Allez ! Insiste encore ! poursuivit Will.

Grognant, poussant, soufflant, Irma se concentra de toutes ses forces pour achever sa transformation.

KZAAK !

Quand elle rouvrit les yeux, la magie avait produit son effet : Irma avait de nouveau son vieux jean, ses baskets et ses cheveux ébouriffés...

— Ouf ! fit-elle, soulagée. Je me retrouve enfin !

Ses amies la félicitèrent.

— Bravo, Irma ! dit Will.

Hay Lin lui jeta les bras autour du cou.

— Quelle frousse j'ai eue ! s'écria-t-elle. Que s'est-il passé ?

— J'aimerais bien le savoir ! répondit Irma, la voix encore tremblante.

— Écoutez, dit Taranee.

Irma la regarda. Taranee paraissait toujours inquiète, plus encore.

— Nous avons un problème plus grave à résoudre, poursuivit Taranee. J'ai essayé de vous le dire... Quelqu'un a découvert notre secret !

« Manquait plus que ça ! songea Irma, moi qui espérais me détendre... ! »

— Venez voir, dit Taranee.

Elle se dirigea vers son armoire et l'ouvrit. Au dos de la porte, était écrit à la peinture rouille : *JE SAIS*.

Puis Taranee sortit quelque chose de la poche arrière de son pantalon. C'était une photo.

— Hier, il y avait un autre message comme celui-ci sur le mur de ma maison ! Heureusement, personne ne l'a vu. Mais moi, apparemment, j'ai été repérée !

Elle tendit la photo à Hay Lin. Irma s'approcha pour la regarder aussi. C'était une photo de Taranee en train de dormir.

— Quelqu'un serait donc entré dans ta chambre pendant la nuit ? s'écria Hay Lin. C'est effrayant !

Taranee baissa les yeux et prit une profonde inspiration. Will s'approcha d'elle et lui posa les mains sur les épaules.

— Tes parents sont au courant ? demanda-t-elle doucement.

— Non, vous êtes les premières à qui j'en ai parlé, répondit Taranee. Je ne sais pas quoi faire ! J'aurais peut-être dû vous prévenir plus tôt. J'ai tellement peur !

Taranee retourna vers la fenêtre et jeta un coup d'œil dehors. Son regard effrayé émut Irma. « Moi qui me plaignais d'avoir à supporter ma silhouette de Gardienne !... Ça doit être bien pire d'avoir un type à ses trousses ! »

— Manifestement, ce n'est pas une plaisanterie, déclara Will.

Les quatre filles se turent un moment. Mais Irma ne laissa pas le silence s'installer. Elle s'approcha de Taranee pour lui offrir son aide.

— Tu n'as qu'à venir dormir chez moi, cette nuit !

— Ça ne changera rien, dit Will. Si quel-

qu'un connaît notre secret, aucune de nous n'est en sécurité.

— Comment est-ce possible ? gémit Hay Lin. On a toujours été prudentes.

— Quelqu'un devait nous épier, répondit Will. Et qui sait ? Peut-être qu'en ce moment même nous sommes surveillées !

Driiiiing !

Taranee sursauta. C'était le téléphone près de son lit qui sonnait, et elle craignait le pire.

Dri-i-ing !

« Pourquoi ai-je le pressentiment que nos vacances de Gardiennes sont terminées ? » se demanda Irma en soupirant tristement, tandis que Taranee, tremblante, se dirigeait, vers le téléphone.

Dri-i-ing !

Juste avant d'attraper le combiné, Taranee regarda ses amies.

Irma vit son regard apeuré derrière ses lunettes rondes. Elle craignait que la frayeur n'empêche Taranee de lire dans ses pensées avec ses pouvoirs télépathiques, mais elle lui envoya quand même un message d'encouragement.

Nous te soutenons, Taranee, dit-elle dans sa tête. *Quoi qu'il puisse t'arriver !*

Et elle ajouta, pour elle-même : « J'espère seulement que ce ne sera pas trop terrible ! Mais nous allons sans doute bientôt en savoir plus... »

Dri-i-i-i-ing !

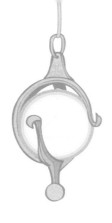

Taranee se demandait si elle devait répondre. Mieux valait peut-être ne pas savoir qui l'observait... Elle se sentait un peu comme une gamine qui aurait peur des monstres tapis dans les placards. Sauf qu'autrefois ces monstres étaient imaginaires, alors qu'aujourd'hui, le danger était réel.

Elle tendit un bras hésitant vers le télé-phone.

— Vas-y, réponds ! souffla Will.

Taranee regarda son amie et saisit l'appa-reil.

— Allô ? dit-elle d'une voix tremblante.

Après une longue pause, elle entendit une voix d'homme à l'autre bout du fil :

— Allô, Taranee !

Taranee se figea. La voix était rauque, dure et sarcastique, et la façon dont il pro-nonçait son nom donnait la chair de poule.

— Qui êtes-vous ? demanda Taranee.

— Oh, tu ne me connais pas, mais moi, je sais qui tu es ! rétorqua-t-il d'un ton menaçant.

— Que me voulez-vous ? dit-elle les doigts crispés sur le combiné.

— Tu me dois une faveur, répondit l'homme calmement. Enfin, à moi... et à ton frère Peter.

En entendant le nom de son frère, Taranee crut qu'elle allait se sentir mal.

— Peter ? murmura-t-elle. Qu'a-t-il à voir là-dedans ? De quoi parlez-vous ?

— Tu le sauras assez tôt. Je t'attends dans une demi-heure au centre commercial.

Taranee avait mille questions à poser, mais les mots restaient coincés dans sa gorge. L'homme poursuivit :

— Ton frère va bien, expliqua-t-il. Si tu fais ce que je te dis, il rentrera chez lui ce soir. Alors, viens sans tes amies, sans te transformer et sans utiliser ton double, sinon...

Prise de panique, Taranee se mit à pleurer. Ce type ne mentait pas ! Il connaissait Taranee et la faculté qu'elle possédait de se transformer. Il savait aussi qu'elle pouvait créer un double d'elle-même capable de prendre les mauvais coups à sa place.

Peut-être pouvait-il également lire dans ses pensées...

— Comme je te l'ai dit, déclara-t-il, je sais très bien qui tu es.

— Mais moi, je ne sais pas qui vous êtes, gémit Taranee. Comment vous reconnaîtrai-je ?

— Dans une demi-heure, tu le sauras.

Clic !

La tonalité résonna dans l'appareil. Taranee était tellement troublée qu'elle eut du mal à remettre le combiné sur son support. Après avoir raccroché, elle enfouit son visage dans ses mains.

— Il... il a enlevé Peter ! se lamenta-t-elle. Il a enlevé mon frère !

Vingt-cinq minutes plus tard, les Gardiennes descendaient du bus devant le centre commercial. Taranee regarda le bâtiment avec un sentiment de désespoir mêlé de rage. À l'intérieur, des filles insouciantes essayaient des rouges à lèvres à la parfumerie ou discutaient avec des garçons. Taranee, elle, était là pour rencontrer le ravisseur de son frère.

— Nous y sommes, dit-elle en jetant un coup d'œil à sa montre. Encore cinq minutes.

Will la regarda d'un air inquiet.

— Bon, alors tu fais comme on a dit, hein ?

Taranee hocha la tête.

— Nous attendrons ici, reprit Will. Il ne faut pas qu'il nous repère.

— Et nous communiquerons par télépathie, d'accord ?

Irma la rassura d'un grand sourire.

— Ne t'en fais pas ! dit-elle. S'il arrive quoi que ce soit, nous interviendrons en quelques secondes.

— Tu vas voir, Taranee, renchérit Hay Lin, tout se passera bien.

— Oui, oui... bien sûr, balbutia-t-elle.

Mais en prenant l'escalier roulant qui montait à la galerie marchande, elle était tout sauf rassurée. Elle parcourut la foule du regard, avec l'impression que chaque homme qu'elle voyait pouvait être le type qui l'attendait. Elle en repéra un avec un bouc, à la mine grincheuse, un autre aux cheveux gras et aux larges épaules. Mais aucun des deux ne lui accorda la moindre attention. Son regard s'arrêta aussi sur un homme avec une longue queue de cheval, mais il passa près d'elle sans la voir.

Taranee en pleurait presque. Où se cachait-il ? Elle regarda encore une fois sa montre. Il était trois heures précises.

« J'espère qu'il ne me fera pas attendre trop longtemps », se dit Taranee en soupirant. Elle s'approcha d'une cloison de verre derrière laquelle on voyait une fontaine et où elle aperçut son propre reflet. Elle avait les traits tirés, les épaules voûtées, et semblait bien petite et frêle... Soudain, une haute silhouette se dessina derrière elle...

Taranee s'immobilisa. Sans se retourner, elle regarda le reflet de l'homme dans la vitre. Il portait un long trench-coat gris sur un pull à col roulé noir et il était complètement chauve. Ses yeux très enfoncés l'observaient fixement.

— Bonjour, Taranee.

Taranee se tourna vers lui en tremblant.

— Si on s'asseyait là-bas pour discuter un peu ? dit-il comme si de rien n'était.

— Euh... oui, bégaya Taranee.

Tandis que l'homme lui posait la main sur

l'épaule pour la conduire vers un banc, Taranee essaya d'oublier sa peur en suivant le plan qu'elle avait mis au point avec ses amies.

« Bon, je dois tout de suite contacter Will par télépathie », se dit-elle.

Les doigts contre sa tempe, elle se concentra, mobilisant toute son énergie mentale pour former un pont magique de communication entre elle et sa meilleure amie. Elle avait parlé ainsi avec Will des dizaines de fois. Au début, sa vision se troublait, puis elle voyait en pensée les amies avec qui elle communiquait.

Cette fois, sa vision se troubla comme d'habitude, mais elle ne réussit pas établir le contact. « Qu'est-ce qui m'arrive ? se demanda-t-elle, horrifiée, mes pouvoirs télépathiques ont disparu ! »

Elle imagina ses amies attendant son message... un message qui n'arriverait jamais.

Irma commençait à s'impatienter et regardait la grande horloge du centre commercial en tapotant le sol du pied.

— Ça fait un quart d'heure que nous attendons. Pourquoi elle ne nous contacte pas ?

Hay Lin se montrait plus optimiste.

— Le type est peut-être en retard. Ce sont des choses qui arrivent... N'est-ce pas, chère Irma ?

— Pas dans ce genre de rendez-vous, répondit Irma. On devrait aller voir.

Et d'un pas décidé, elle se dirigea vers l'entrée du centre. Mais Will la retint par le bras.

— Non, attendons un peu.

Pendant ce temps, l'homme entraîna Taranee jusqu'au banc et s'assit à côté d'elle. Taranee prit son courage à deux mains et l'interrogea.

— Qui êtes-vous ? demanda-t-elle, en essayant de maîtriser sa voix. Je ne vous ai jamais rencontré.

— Je suis un chasseur de sorcières, Taranee, grogna l'homme. J'en ai déjà trouvé quatre ! Il ne m'en manque qu'une : celle aux longs cheveux blonds.

Taranee sentit son cœur tambouriner dans sa poitrine. Will avait raison. Toutes les Gardiennes étaient en danger.

— Pourquoi faites-vous ça ? Qu'attendez-vous exactement de nous ?

L'homme eut un affreux sourire.

— C'est simple, fillette. Je veux vous détruire ! répliqua-t-il.

Taranee faillit éclater en sanglots. Mais son côté fort et courageux de Gardienne reprit le dessus.

— Vous n'avez toujours pas répondu à ma question, insista-t-elle, ignorant la menace.

— Si tu m'obéis, Peter rentrera sain et sauf, sans garder le moindre souvenir de ce qu'il a vécu.

« Je sens que ce type ne va pas me

demander quelque chose de facile... », se dit Taranee.

— Pourquoi nous haïssez-vous ainsi ? Qu'est-ce qu'on vous a fait ?

— Tu veux vraiment une réponse, Taranee ? s'enquit l'homme, sournoisement.

Il passa la main devant son visage qui se transforma d'un seul coup. Sa peau pâle et luisante devint bleue et parcheminée, et son crâne chauve se couvrit d'une chevelure jaune. Ses dents se changèrent en crocs et ses oreilles prirent une forme pointue comme celle d'une créature de la Zone Obscure du Non-Lieu – et pas n'importe laquelle. Taranee le reconnut aussitôt.

— Frost ? !

— Tu es satisfaite ?

Taranee frémit. Cet impitoyable chasseur aux ordres de Phobos était pour elle le pire des cauchemars. C'était lui qui l'avait capturée et jetée dans une tour, la première fois qu'elle s'était rendue dans la Zone Obscure du Non-Lieu.

Sans réfléchir, elle se leva d'un bond et s'écarta du monstre avec horreur.

— Que fais-tu à Heatherfield ?

— Assieds-toi ! aboya Frost – d'une voix encore plus râpeuse et sinistre que précédemment. Je suis venu vous régler votre compte.

Sachant que la vie de son frère était en jeu, Taranee obéit à regret et se rassit sur le banc.

— Toi et tes amies, vous êtes responsables de la chute du prince Phobos et de la révolte de Méridian, expliqua Frost. Maintenant, vous allez le payer ! Te retrouver a été pour moi un jeu d'enfant. Je possède ton empreinte psychique depuis le jour où je t'ai capturée, et je t'ai suivie sans difficulté.

Le souvenir de ce jour maudit où elle

avait senti les doigts glacés de Frost sur son cou fit frissonner Taranee. Elle se rappelait l'horrible sentiment de solitude qu'elle avait éprouvée en voyant ses amies s'enfuir sans elle.

Mais Frost, heureusement, ne remarqua pas sa détresse. Il était trop occupé à vanter ses propres mérites.

— Je t'ai suivie. J'ai vu ta maison et ta famille !

Il s'interrompit et devint songeur un moment.

— J'avoue que je ne t'ai pas reconnue tout de suite dans tes vêtements normaux. Mais aujourd'hui, devant l'école, j'ai tout compris. Vous vous transformez ! Seulement, cette fois-ci, ça ne vous sauvera pas.

Brusquement, Frost reprit sa forme humaine. Mais, sous les traits de l'homme, Taranee voyait encore le nez crochu et la mâchoire proéminente du chasseur.

— Et maintenant, grâce à toi, je vais aussi retrouver ton autre amie. Tu vas me conduire chez elle ! Allons-y !

Il la saisit par l'épaule et l'obligea à se

lever. Elle tenta de se dégager mais Frost se pencha et lui dit à l'oreille :

— Et n'essaie pas de me jouer un sale tour... Songe à ton frère.

Bien que désespérée, Taranee le défia du regard.

« Je n'ai pas le choix, se dit-elle. Il faut avertir les autres. »

Elle commença à se concentrer si fort qu'elle sentait les pulsations de ses veines dans ses tempes. Elle appela silencieusement ses amies :

Vous m'entendez ? Il faut arrêter ce monstre ! Il faut sauver Peter ! Il faut aider Cornelia ! Au secours ! Au secours !

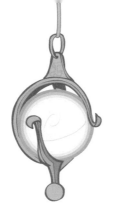

En entraînant Taranee dans le centre commercial, Frost exultait. Il était très satisfait de voir enfin se réaliser le plan qu'il avait mis au point pour capturer les Gardiennes. Il attendait ce moment depuis si longtemps ! Le voyage lui avait paru interminable, mais il se félicitait de l'avoir entrepris car sa patience allait être récompensée.

Tandis qu'il marchait parmi la foule, il se remémora le début de cette aventure. Quelques jours plus tôt, il pensait ne jamais retrouver les Gardiennes. Maintenant, il se rappelait en souriant le moment qu'il avait passé à arpenter le trottoir, en plein soleil, devant le bâtiment rose de l'Institut Sheffield.

C'était au début de l'après-midi. Il en avait assez d'attendre et de regarder la foule joyeuse qui circulait autour de lui. Il détestait les journées ensoleillées et méprisait les gens heureux. Mais, surtout, il ne supportait pas qu'une proie lui échappe, et il ne voulait pas risquer un nouvel échec.

Appuyé contre un arbre, il s'était mis à songer à son passé glorieux, au temps où rien ni personne ne lui résistait. À l'époque, il était capable d'attraper un cerf à mains nues pour les festins du prince.

La situation avait changé avec le retour d'Elyon dans la Zone Obscure du Non-Lieu.

Aidée par les rebelles et ses amies Gardiennes, elle avait réussi à reprendre le trône de Méridian et triomphé de Phobos, désormais prisonnier de l'Oracle de Kandrakar.

Frost rêvait de venger son maître. « Quand la détention de Phobos se terminera, grognait-il intérieurement — et ça arrivera un jour — il sera content d'apprendre que je l'ai débarrassé de ses ennemis. Très, très content... »

Encore fallait-il qu'il les trouve ! Jusquelà, ses recherches avaient été vaines. En suivant leurs empreintes psychiques, il n'avait découvert que des gamines qui lui paraissaient bien trop jeunes et trop ordinaires pour être les Gardiennes.

Quelque chose, pourtant, l'avait intrigué chez certaines filles, et il avait continué son enquête en suivant la petite aux lunettes et en lui laissant des messages — qui l'avaient complètement paniquée. Alors qu'il attendait devant l'Institut Sheffield et rongeait son frein en regardant sortir une foule de gamins bruyants, il avait aperçu une belle jeune fille entourée d'une cour d'admirateurs et reconnu en elle l'une des Gardiennes. Trois autres filles plus petites l'accompagnaient : une rouquine, une brune un peu penaude, une autre toute menue avec de longues nattes noires... et la petite aux lunettes. Une phrase prononcée par la rouquine lui avait mis la puce à l'oreille :

— Tu t'es de nouveau transformée pour séduire Andrew Hornby ! avait-elle dit.

Là, il avait compris. Ces quatre filles étaient bien les Gardiennes qu'il recherchait. « Maintenant que j'ai trouvé mes proies, rien ne pourra s'opposer à ma vengeance ! » avait-il alors songé, ravi.

Il restait néanmoins un problème à résoudre.

« Quatre Gardiennes ne me suffisent pas. Il me faut aussi la blonde aux cheveux longs... Oui, je veux que toutes les Gardiennes souffrent comme le prince Phobos a souffert. Et je sais exactement comment je vais m'y prendre. Je me suis déjà introduit chez Taranee, maintenant je vais m'attaquer à sa famille ! »

Finalement, il n'avait rencontré aucune

difficulté. Après avoir observé la belle maison blanche de Taranee, il avait passé en revue tous les membres de sa famille, puis choisi la proie la plus facile, c'est-à-dire le garçon. « Il est gentil et pas méfiant pour deux sous... Mais cette gentillesse va le perdre ! »

Sa décision prise, il s'était caché dans les buissons au coin de la rue jusqu'à ce que sa victime apparaisse. Le garçon marchait à grandes enjambées, le sourire au coin des lèvres et un ballon de basket sous le bras.

Frost était sorti des buissons et l'avait interpellé :

— Excusez-moi, avait-il dit en s'efforçant de rendre sa voix aimable.

Peter s'était retourné.

— Oui ?

— Je suis désolé de vous déranger, mais puis-je vous demander un service ?

— Bien sûr.

Un peu intrigué, Peter s'était avancé vers l'inconnu.

— J'ai des problèmes de voiture là-bas, avait expliqué Frost en faisant un vague geste en direction d'une allée voisine.

— La batterie est à plat ? s'était enquis Peter, naturellement complaisant. O.K., je vous suis.

Frost l'avait sournoisement attiré vers l'allée et dès qu'ils s'étaient trouvés seuls, loin des regards, Frost s'était tourné vers Peter, qui s'étonnait de ne voir aucune voiture.

— Il n'y a pas de voiture ! avait-il rugi. Ça ne signifie pas pour autant que tu vas repartir à pied !

Sans laisser au garçon le temps de réagir,

Frost l'avait ceinturé. Une simple pression du doigt derrière l'oreille avait fait instantanément perdre connaissance à Peter.

Frost avait chargé le corps inerte sur son épaule et s'était dirigé vers une usine désaffectée. Là, il avait traîné le corps en bas d'un escalier et, arrivé dans une cave en ciment, il avait créé par la magie une gigantesque sphère transparente qu'il avait placée au centre de la pièce, à plus de trois mètres au-dessus du sol, avant d'y jeter son fardeau.

— J'espère que tu ne t'ennuieras pas trop pendant mon absence, avait-il lancé au garçon. Tu seras tranquille, ici, et quand je reviendrai, je t'amènerai quelqu'un pour te tenir compagnie !

« Oui, songea Frost, la journée d'hier était vraiment très réussie. »

Tout portait à croire que le reste de son séjour à Heatherfield se déroulerait exactement comme il l'avait prévu.

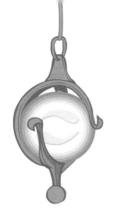

10

Hay Lin n'était pas d'une nature pessimiste. Quand les autres se plaignaient d'une averse, elle, au contraire, s'en réjouissait pour les fleurs. Un accroc dans son jean n'était qu'une occasion de rajouter une jolie pièce sur son pantalon.

Mais, avec Will et Irma, elle attendait un message de Taranee qui tardait à venir, et l'inquiétude la gagnait peu à peu.

« On ne va plus jamais la revoir, pensait-elle. Où est Taranee ? Et si cet horrible bonhomme l'avait kidnappée, comme Peter ?... »

AU SECOURS !

Hay Lin sursauta et plaqua les mains sur ses deux oreilles en fermant les yeux. Un cri perçant venait de retentir dans sa tête.

Au bout d'un moment, elle ouvrit les yeux et vit Irma et Will qui grimaçaient aussi. Et les cris ne s'arrêtaient pas.

Aider Cornelia !

— Ah ! cria Will.

... nelia !

— Aïe ! gémit Irma.

CORNELIA !

Hay Lin cria aussi. Juste au moment où ça devenait insoutenable, les cris cessèrent. Avec des soupirs de soulagement, les trois filles se redressèrent et essayèrent de chasser les douloureux élancements de leur tête. Finalement, Will trouva la force de parler.

— Vous avez entendu ? C'était Taranee !

— On aurait cru une sorte de cri mental, dit Irma, ouvrant de grands yeux effrayés. Peut-être est-elle en danger.

Au même instant, Hay Lin aperçut au loin – à environ deux cents mètres – un pull vert et une natte parsemée de perles qui brillaient au soleil. C'était Taranee !... Elle marchait à vive allure à côté d'un homme chauve, grand et costaud, et vêtu d'un long trench-coat gris. Elle le signala aussitôt à ses amies.

— Il n'y a pas de doute, cria Hay Lin, elle est en danger ! Regardez là-bas ! dit-elle en pointant le doigt vers les deux silhouettes.

Will et Irma suivirent le regard de Hay Lin.

— C'est qui, ce géant ? s'écria Irma, et

sans attendre la réponse, elle ajouta : Sui-
vons-les !

— Oui, mais pas comme ça, dit Will. Il
ne faut pas que ce type nous voie.

Qu'à cela ne tienne ! Hay Lin avait la
solution : elle leva les bras et fit appel à ses
pouvoirs magiques. Une légère tornade s'en-
roula autour d'elle.

— Ne vous en faites pas, dit-elle à ses
amies. On ne peut pas nous voir si nous
sommes invisibles !

La brise ébouriffa ses cheveux, fit voler sa
jupe courte et la rendit soudain gaie comme
un pinson.

Quand cette sensation s'estompa, Hay Lin
baissa les yeux et ne vit d'elle-même qu'une
vague silhouette. Pour tout le monde, sauf
pour ses compagnes, elle avait disparu.
Malheureusement, ses amies paraissaient
bien moins ravies qu'elle.

— Tu es folle ! dit Irma. On aurait pu te
voir !

— Tu as changé depuis ta transformation... ! lui fit remarquer Hay Lin en riant.

Ne crains rien, personne d'autre n'a vu quoi que ce soit.

Là-dessus, elle se dirigea d'un bon pas vers la rue que l'homme et Taranee venaient d'emprunter. Il n'y avait pas une minute à perdre. Elle se tourna vers Irma et Will qui la suivaient.

— Si je suis invisible, déclara-t-elle, on pourra leur coller aux basques sans que le type s'en aperçoive.

Son plan lui paraissait génial. Aussi fut-elle étonnée de voir la mine horrifiée de Will.

— Oh non ! s'écria son amie.

« Qu'est-ce qu'elle a ? se demanda Hay Lin, lui jetant un regard offusqué. Mon idée n'est quand même pas si mauvaise ! »

Brusquement, Will se précipita sur elle en hurlant.

— Attention, Hay Lin !

C'est seulement quand les deux filles atterrirent sur le trottoir d'en face que Hay Lin comprit ce qui s'était passé : un camion qui venait de freiner brusquement était arrêté au milieu de la chaussée. Sans l'intervention

de Will, il l'aurait renversée ! Le conducteur en sortit, affolé, et courut vers Will.

— Hé ! Ça va ? dit-il à Will. Pourquoi t'es-tu jetée sous mes roues ?

Will était encore sous le coup de l'émotion et, bien sûr, Hay Lin ne pouvait rien dire. Alors Irma est arrivée à la rescousse.

— Mon amie est comme ça. C'est sa façon de traverser !

Un attroupement se forma peu à peu.

« Oh, oh ! se dit Hay Lin. Maintenant qu'Irma a un public, le spectacle va vraiment commencer... »

— C'est une originale, expliqua Irma aux badauds avec un sourire indulgent.

Pendant ce temps, Will s'occupait de Hay Lin. Elle l'attrapa par une épaule et lui souffla :

— La prochaine fois que tu décides de disparaître, regarde où tu es !

— Euh, oui, reprit Irma à l'attention des spectateurs. Mon amie est bizarre. Il lui arrive même de parler toute seule.

Après quelques haussements d'épaules, le groupe de curieux se dispersa et les trois Gardiennes se retrouvèrent seules. Irma s'essuya le front d'un geste théâtral et courut rejoindre Will et Hay Lin.

— Bravo, Hay Lin ! C'était moins une ! Et grâce à ta merveilleuse idée, nous avons perdu Taranee de vue !

Hay Lin regarda autour d'elle. Irma avait raison. Taranee avait disparu !

— Je... je ne voulais pas ! Je suis désolée !

Irma leva les yeux au ciel.

— Laisse tomber ! Redeviens visible, répondit-elle comme si de rien n'était. On aura peut-être une chance de les rattraper.

Hay Lin hocha la tête et, serrant les

poings, attendit la sensation de pétillement dans ses membres qui accompagnait d'habitude les transformations magiques, ainsi que le tourbillon d'air frais et les étincelles argentées... Mais rien de tout cela ne se produisait. Horrifiée, elle regarda ses amies.

— J'essaie, mais ça ne marche pas ! criat-elle. Je suis toujours transparente...

— Qu'arrive-t-il à nos pouvoirs ? s'écria Irma.

— Je ne sais pas, gémit Hay Lin. Tout ce que je sais, c'est que je n'ai pas du tout envie de rester invisible.

— Du calme, lui dit Will en lui prenant la main. C'est sans doute un effet passager, comme pour Irma. On réglera ça après, d'accord ? Surtout pas de panique.

— O. K., Will.

Mais Hay Lin n'était pas entièrement convaincue et restait tendue. Irma, d'ailleurs, semblait tout aussi ébranlée.

— Maintenant, il faut retrouver Taranee, déclara-t-elle. Mais comment ?

— On n'a qu'un indice, dit Will. Dans

son message télépathique, elle parlait de Cornelia. Le mieux, c'est d'aller chez elle !

Normalement, quand Will prenait ainsi à cœur son rôle de chef, cela rassurait Hay Lin. Mais, cette fois, en suivant son amie, Hay Lin avait l'impression que son optimisme légendaire avait définitivement disparu et elle redoutait cette nouvelle entrevue avec Cornelia.

« J'ai un horrible pressentiment. D'abord, notre union donne des signes de faiblesse. Et puis mes pouvoirs magiques s'épuisent. Tout ce sur quoi je comptais il y a encore quelques jours est en train de disparaître... y compris moi-même ! »

Cornelia parcourut une page de son agenda en ronchonnant. Après plusieurs jours d'absence en classe, elle avait des tonnes de travail, et sa petite sœur qui s'agitait autour d'elle l'empêchait de se concentrer.

— Vas-y, Napoléon ! criait Lilian. Attrape la ba-balle !

« *Napoléon*, songea Cornelia. Quel nom débile pour un chat ! D'ailleurs, quelle idée Will a eue de m'apporter un chat ! Qu'est-ce qui lui est passé par la tête ? »

Cornelia avait à peine pris le temps de regarder la petite boule de fourrure grise depuis que le gardien avait déposé le panier à chat dans l'entrée. L'homme lui avait également remis un message : « Affectueusement, Will. » Les quelques mots griffonnés à l'encre verte sur un bout de papier l'avaient autant agacée que le chat. Tandis que le gardien redescendait en sifflotant gaiement, elle avait jeté un regard furieux sur le chaton aux grands yeux étonnés qui, pelotonné derrière la grille de sa cage, l'observait avec bienveillance.

« Pourquoi sont-ils tous de bonne humeur, aujourd'hui ? s'était demandé Cornelia, irritée. Quelle raison y a-t-il de se réjouir ? J'aimerais bien le savoir ! »

— Bon, alors, qu'est-ce que je vais faire de toi ? avait-elle dit au chaton.

À ce moment-là, Lilian était arrivée. Elle avait toujours le don de se mêler de ce qui ne la regardait pas. Mais, pour une fois, ça tombait plutôt bien.

— Est-ce que je peux garder le minou ? s'était-elle écriée en se précipitant vers le panier. Qu'il est mignon !

— Pas de problème, avait répondu Cornelia avec indifférence. Il est à toi, Lilian.

Puis elle était retournée s'enfermer dans sa chambre. Elle voulait tout oublier : sa sœur, Will, ce stupide chaton, *tout le monde* ! Sauf une personne : Caleb...

Une fois de plus, la seule évocation du nom de son bien-aimé disparu avait ravivé le souvenir de son visage. Cornelia en revoyait tous les traits avec précision : la mâchoire virile, les stries vertes sur les joues, les yeux sombres et ardents... Elle esquissa un sourire.

Puis son regard se posa sur la fleur blanche qui flottait dans une cuvette d'eau, sur le bureau, et son sourire s'effaça. Voilà ce qu'était devenu le beau garçon qu'elle aimait tant : une fleur ! Elle en avait les larmes aux yeux.

Dans le salon, Lilian riait avec le chaton dans ses bras. Au moins, ces deux-là étaient occupés, songeait Cornelia. Mais juste avant qu'elle rentre dans sa chambre, Lilian avait crié de sa voix aiguë :

— Je peux l'appeler Napoléon ?

Cornelia ne s'était pas retournée. Ne voulant pas que Lilian ou sa mère la voient en train de pleurer, elle avait simplement lancé par-dessus son épaule :

— Je t'ai dit qu'il était à toi.

Lilian, ravie, avait applaudi en s'écriant :

— Mon Napoléon !

Puis Cornelia avait claqué la porte de sa chambre.

Aujourd'hui, le moral de Cornelia n'était pas meilleur. Allongée à plat ventre sur son matelas, elle entendait Lilian jouer avec le chaton, sous le lit, et cela n'arrangeait rien.

— Allez, minou ! piaillait la fillette, qui s'était glissée, elle aussi, sous le lit. Encore une fois. Attrape la balle !

— Lilian, s'il te plaît ! cria Cornelia. Je t'ai déjà demandé d'aller jouer ailleurs avec ton chat !

— Mais il aime jouer ici ! protesta Lilian, en lui lançant à nouveau la balle.

— Je m'en fiche ! glapit Cornelia. Je ne veux pas voir cet animal ici ! Sortez tous les deux de ma chambre, et en vitesse !

Exaspérée, elle lança son agenda contre le mur. Lilian, cette fois, comprit le message.

Elle tira la langue à sa sœur, attrapa le chaton et le flanqua sur son épaule.

— Puisqu'elle fait sa crâneuse, allons-nous-en, Napoléon !

Et elle quitta la chambre.

« Will n'a qu'à récupérer son chat, se dit Cornelia. Après tout, je ne lui ai rien demandé ! Elle a cru me remonter le moral en m'offrant ce chaton ! Quelle idiote ! Je n'ai pas envie d'être consolée. Je n'ai besoin de rien. Je veux seulement rester seule tant que ça durera. »

Seule.

Cornelia regarda son bureau. Le lys blanc lui semblait vivant. Elle y sentait la présence de Caleb. Et pourtant, elle était désespérément seule. Au fond, même si elle le niait,

elle ne souhaitait pas réellement cette solitude. Ses amies lui manquaient. Elle aimait bien traîner avec elles dans les couloirs de Sheffield en papotant. Elyon, surtout, lui manquait.

Quant à Will, Taranee et les autres... Elles lui manquaient aussi, bien sûr, mais ses sentiments étaient plus mitigés à leur égard. Will et Taranee étaient inséparables, Irma et Hay Lin également... Cornelia, elle, n'avait personne : son petit ami avait été changé en fleur et sa meilleure amie était reine d'un monde lointain. « C'est trop injuste ! » songeait-elle tristement. Elle se sentait comme enfermée dans un épais nuage noir.

Tandis qu'elle s'enfonçait plus profondément dans son édredon, une voix retentit dans le hall.

— Cornelia !

« C'est ma mère », se dit-elle. Elle se leva péniblement, se traîna jusqu'à la porte de sa chambre. En passant la tête dehors, elle aperçut, en effet, sa mère dans l'entrée, près de l'interphone. C'était bien elle qui l'appelait.

— Will et Irma sont en bas !

— Encore ?

Une bouffée de rage l'envahit. Elle ne voulait voir ni Will ni Irma.

— Dis-leur que je suis sortie. Je n'ai pas envie de les voir maintenant.

Sa mère la fixa longuement. Cornelia soutint son regard, puis, tournant les talons, rentra dans sa chambre. Juste avant de fermer la porte elle entendit sa mère déclarer :

— Je suis désolée, elle rentrera pour dîner.

La voix de Will résonna dans le haut-parleur :

— Merci, madame. Pourrait-elle nous rappeler quand elle rentrera ? C'est très urgent.

Cornelia referma sa porte. « Tout est toujours urgent avec cette équipe », songea-t-elle avec aigreur.

Biiiiip !

Cornelia sursauta. On sonnait de nouveau à la porte d'entrée.

« Qu'est-ce que c'est encore ? » se demanda-t-elle.

— Cornelia !

Elle ouvrit la porte et hurla :

— Quoi ?

— C'est Taranee ! Je te signale que j'en ai assez de mentir à tes amies.

— Bon, d'accord ! Dis-lui que je descends.

Cornelia fonça vers son placard, chaussa des sabots en hâte, et sortit à grands pas en se demandant pourquoi ses amies insistaient tant pour la voir. Elle traversa la cour à contrecœur pour aller ouvrir le portail. Taranee, penaude et craintive, l'attendait juste devant la grille.

— Que veux-tu ? lui demanda sèchement Cornelia.

— Je... je passais par là, dit Taranee en baissant les yeux. Je voulais te dire bonjour.

Cornelia leva les yeux au ciel d'un air exaspéré.

— D'abord les autres, et maintenant toi ! Qu'est-ce que vous avez toutes ? Vous vous êtes arrangées pour pourrir ma journée ?

Du coup, Taranee n'était plus seulement penaude : elle semblait carrément effrayée.

Mais Cornelia ne se laissa pas attendrir et, après une vague hésitation, elle referma le portail au nez de Taranee et rentra aussi vite qu'elle était sortie en se répétant : « Je veux seulement être seule. »

Devant l'immeuble de Cornelia, Irma et Hay Lin s'étaient rapprochées de Will pendant qu'elle parlait à l'interphone. Une voix de femme grésilla dans le haut-parleur.

— Je suis désolée, elle rentrera pour dîner.

Will, qui ne cachait pas son inquiétude, remercia Mme Hale et lui laissa un message.

Irma était outrée. « Franchement, Cornelia exagère ! se dit-elle. Elle reste des jours à broyer du noir chez elle, et juste au moment où ses amies ont besoin d'elle, elle est sortie ! Moi, si je me comportais de cette façon, elle ne me ménagerait pas... Enfin, peut-être que je me trompe, après tout... Qui sait s'il ne s'agit pas d'un problème plus sérieux ? Taranee semblait soucieuse à son sujet. Elle essayait de nous avertir de quelque chose dans son message télépathique, et ça n'avait pas l'air d'une bonne nouvelle. »

Dès que Will eut fini de parler à Mme Hale, Irma exprima ses craintes.

— Cornelia n'est pas chez elle ? C'est plutôt bizarre !

Will, toute pâle, avait la tête rentrée dans les épaules. « Ça, c'est l'attitude de Will quand elle a peur, se rappela Irma. Je crains le pire. »

Hay Lin aussi semblait préoccupée. Irma ne la voyait pas mais entendait les tapotements nerveux de ses pieds sur le trottoir.

Will avait beau être ébranlée, elle n'en restait pas moins chef de l'équipe et elle devait prendre rapidement une décision.

— En ce qui concerne Cornelia, déclarat-elle, on ne peut rien faire pour l'instant. Occupons-nous d'abord de retrouver Taranee.

— Par où commençons-nous ? demanda Hay Lin.

— Allons chez moi, répondit Will. Nous pourrons consulter le Cœur de Kandrakar, et ensuite...

Sa phrase resta en suspens. Will venait d'apercevoir quelque chose, au loin... Quelque chose de très inquiétant.

Irma, elle aussi, vit le danger et cria d'une voix étranglée :

— Attention !

Un homme à l'allure de gangster s'approchait du trio, une main plantée sur l'épaule de Taranee. Il avait l'air de la pousser en direction des filles !

Irma, Hay Lin et Will coururent se cacher derrière une voiture garée le long du trottoir, puis jetèrent un coup d'œil par-dessus le

capot. Taranee et son ravisseur ne semblaient pas les avoir vues. L'un et l'autre regardaient l'immeuble de Cornelia.

D'un air coupable, Taranee pointa du doigt l'appartement de leur amie.

— Voilà, dit-elle d'un ton maussade. Elle habite là-haut.

— Je veux la voir, ordonna l'homme. Appelle-la. Je t'attends ici. Et pas de blague, hein ? Je te surveille.

L'homme alla se poster au coin de la

grille entourant la résidence. Taranee jeta un regard apeuré à son ravisseur et s'approcha de l'interphone. Elle appela Mme Hale et demanda à voir Cornelia.

Irma et les autres attendaient sans bouger, quand, brusquement, la grande porte vitrée s'ouvrit... et Cornelia apparut sur le seuil ! Sa mine renfrognée ne présageait rien de bon. Elle descendit l'allée et, arrivée au portail, se mit à vociférer contre Taranee.

Les trois filles n'en revenaient pas.

— Ça, alors ! s'exclama Hay Lin à voix basse.

— Mais Mme Hale vient de nous dire que sa fille n'était pas là, murmura Will. Alors, Cornelia l'a obligée à nous mentir !

— Et, maintenant, elle s'en prend à Taranee ! dit Irma.

Cornelia claqua la porte métallique au nez de Taranee.

— Un instant, Cornelia ! protesta Taranee.

Sans succès. Cornelia ne voulut même pas attendre une minute. Elle repartit, furieuse, vers l'entrée de l'immeuble et disparut dans le hall.

Aussitôt, le ravisseur de Taranee revint vers elle et la félicita :

— Bien joué, Taranee ! On peut s'en aller, maintenant.

L'homme l'entraîna et, dès qu'ils furent assez loin, Irma se tourna vers Will.

— Cornelia me le paiera, dit-elle entre ses dents. Pour qui se prend-elle ?

— Elle ignore ce qui s'est passé, répondit Will. On lui expliquera tout plus tard. Dans l'immédiat, nous avons quelque chose de plus important à faire : sauver deux otages et, cette fois, sans commettre d'erreur !

Will, Irma et Hay Lin – toujours invisible – se mirent à suivre l'homme chauve et sa captive à une distance respectable. En voyant Taranee traîner la patte aux côtés de cette brute, Will repensa à leur première expédition dans la Zone Obscure du Non-

Lieu, lorsque le prince Phobos et son chasseur Frost avaient capturé leur amie. Jamais auparavant, les Gardiennes n'avaient été séparées. Comment se terminerait cette nouvelle épreuve ?

Avant de tourner au coin de la rue, Will jeta un dernier regard sur l'immeuble de Cornelia. Les grandes fenêtres carrées scintillaient au soleil. On apercevait la terrasse de l'appartement d'en haut – celui de Cornelia – avec ses jardinières fleuries. D'habitude, les jardins en terrasse étaient plutôt accueillants mais, là, Will avait l'impression d'être devant une sorte de forteresse végétale et elle commençait à craindre que Cornelia n'en sorte jamais...

« Que nous arrive-t-il ? se demanda-t-elle. Et que se passera-t-il quand je quitterai Heatherfield ? Qu'adviendra-t-il de notre groupe ? » Elle n'avait pas encore parlé à ses amies des projets de sa mère.

Will sentit Irma la tirer par la manche. Absorbée par ses pensées, elle s'était laissé distancer. Si elle n'accélérait pas, elles risquaient de perdre Taranee.

Elle secoua la tête pour se remettre les idées en place. « Cornelia et mes problèmes peuvent attendre. Pour l'instant, la priorité, c'est Taranee. »

Juste à ce moment-là, l'homme chauve tourna à droite et fit descendre Taranee par un escalier de ciment, à l'extérieur d'un bâtiment. Les trois Gardiennes se mirent à trotter derrière eux. Il ne fallait à aucun prix les perdre de vue.

En atteignant l'escalier, Will regarda en bas et son cœur se serra. L'escalier conduisait à une usine abandonnée. Un portail fermé par une chaîne barrait l'accès des bâtiments et un panneau indiquait : DANGER.

Will frissonna. Elle dégringola les marches et aperçut un trou dans la clôture. En passant la tête par cette ouverture, elle vit Taranee et l'homme traverser en hâte une cour poussiéreuse, puis descendre un autre escalier.

— Ce bandit doit posséder une sorte de repaire dans cette usine ! dit Will à ses amies. Allons-y !

Les trois filles franchirent la clôture par le

trou, traversèrent la cour à leur tour et, sur la pointe des pieds, s'approchèrent de l'escalier. Will aperçut Taranee qui disparaissait dans un sous-sol, mais elle fut soulagée d'entendre encore sa voix résonner à travers les murs.

— Où sommes-nous ? demandait Taranee.

— L'endroit te déplaît ? répondit l'homme. Je n'ai pas trouvé mieux. De toute façon, pour ton frère, qu'il soit ici ou ailleurs, cela ne fait aucune différence.

— Peter ! hurla Taranee.

Will jeta un coup d'œil affolé à Irma et Hay Lin. Elle leur montra le bas de l'escalier et les deux filles hochèrent la tête. Pas besoin de leur faire un dessin : elles avaient tout de suite compris qu'il était temps d'intervenir et d'aller voir ce qui était arrivé au frère de Taranee.

Elles descendirent tout doucement l'escalier jusqu'à ce qu'elles aperçoivent l'intérieur du sous-sol. C'était une gigantesque cave toute lézardée – sans doute une ancienne pièce de stockage... – devenue maintenant la prison de Peter ! Le frère de Taranee flottait dans un globe magique géant.

« Allons-nous devoir livrer une nouvelle bataille ? se demanda Will avec terreur. Je ne vois pas comment ce serait possible à l'heure actuelle... L'équipe n'est pas au complet, et nous ne sommes pas assez unies. Notre pouvoir est toujours plus fort quand nous sommes solidaires. Comment pourrait-on se battre alors qu'une des Gardiennes est toujours invisible et une autre enfermée dans sa chambre ? »

Sans oublier celle qu'elles étaient en train de suivre et qu'un grand danger menaçait, là, sous leurs yeux !

Taranee courut vers la sphère où était enfermé Peter.

— Si tu ne veux pas être grillée, l'avertit son ravisseur, je te conseille de ne pas trop t'approcher du champ de protection.

Taranee s'arrêta net, mais cela ne l'empêcha pas de tendre les bras vers son frère.

— Il va bien ? demanda-t-elle à l'homme.

— Il n'a rien senti. À présent, je n'ai plus besoin de lui et il rentrera bientôt sain et sauf.

Tandis que l'homme parlait, sa voix, de plus en plus rauque, devint aussi plus forte, et son visage commença à se transformer. En quelques secondes, sa peau prit une teinte bleu vif, sa tête se couvrit d'une longue chevelure jaune, son dos musclé s'élargit et... deux oreilles pointues sortirent de sa chevelure ! Will le reconnut instantanément.

« Frost ! se dit-elle. Le fameux limier de Phobos a réussi à venir jusqu'à Heatherfield.

Même avec son maître en prison, il n'a pas renoncé à nous terroriser. »

Comme s'il avait lu dans les pensées de Will, Frost se précipita sur Taranee avec un regard menaçant.

— Malheureusement, tu n'auras pas la chance de ton frère ! rugit-il. Car tu ne rentreras plus jamais chez toi !

À ces mots, Will n'hésita pas une seconde. Même si les pouvoirs magiques des Gardiennes avaient faibli, elle sentait toujours battre en elle le Cœur de Kandrakar – aussi fort que son propre cœur. Elle franchit d'un bond les trois dernières marches de l'escalier et atterrit derrière le redoutable chasseur.

— En es-tu bien certain, Frost ? lui lança Will d'un ton de défi.

Surpris, le misérable virevolta en poussant un grognement et s'élança vers Will et ses amies pour les attraper, mais Will se baissa et réussit à lui échapper, tandis qu'Irma et Hay Lin sautaient par-dessus la rampe pour atterrir au centre de la pièce. Taranee, folle de joie, courut vers ses amies.

— Comme je suis contente de vous voir !

— Oui, mais *lui*, certainement pas ! dit Irma en pointant le doigt au-dessus de l'épaule de Taranee.

Will suivit le regard d'Irma. Frost était accroupi au bas de l'escalier comme un tigre prêt à bondir.

— Tu te trompes ! hurla-t-il. Je suis ravi de vous voir. Il y a longtemps que j'attendais ce moment. Je vais enfin pouvoir vous anéantir !

Alors que Frost bondissait vers les Gardiennes, l'instinct magique de Will se réveilla. Elle jeta la main droite en avant et cria :

— Cœur de Kandrakar !

Puis elle serra le poing, et quand elle le rouvrit, le Cœur de Kandrakar flottait au-dessus de sa paume. Projetant autour d'elle des rayons roses éblouissants, la sphère de cristal entoura les Gardiennes d'un magnifique halo magique et obligea Frost à protéger ses yeux de la lumière aveuglante.

— Guide-nous et protège-nous dans ce combat ! ordonna Will à l'amulette d'une voix pleine d'assurance.

— Oui, Cœur de Kandrakar ! Ne nous lâche pas ! renchérit Irma.

La sphère lumineuse répondit aussitôt à leur vœu en libérant quatre petites boules magiques en forme de larmes. La boule argentée partit en direction de Hay Lin, se mit à tourbillonner autour d'elle comme une tornade et lui arracha ses vêtements de ville pour les remplacer par l'uniforme de Gardienne : une jupe fendue, des chaussettes rayées, des baskets, une petit haut à manches courtes et, surtout, des ailes irisées qui battaient dans son dos. Même invisible, Hay Lin était éblouissante.

Irma et Taranee se transformèrent aussi,

l'une sous des volutes de magie bleue, l'autre des volutes orange.

« À mon tour, maintenant ! » se dit Will en fermant les yeux. Tandis que la boule de magie rose tournait autour de son corps, elle lança les bras au-dessus de sa tête, puis se recroquevilla. Une douce chaleur l'envahit tout entière. Elle sentit ses cheveux et son visage se modifier et, enfin, sa longue jupe violette flotter autour de ses jambes. Alors, elle rejeta la tête en arrière et redressa son corps : elle avait retrouvé son rôle de chef des Gardiennes de la Muraille, et de Gardienne du Cœur de Kandrakar.

« Il ne manque plus que Cornelia », songea-t-elle.

Frost s'était remis de l'éblouissement et observait le groupe.

— Trois contre un ! ricana-t-il. Pour moi, c'est trop facile !

Frost n'avait pas vu Hay Lin ! Ça pouvait servir... Will jeta un rapide coup d'œil à son amie invisible, et celle-ci, par un petit signe, lui indiqua que tout était okay.

Tandis que Frost fonçait vers Irma, la

Gardienne la plus proche, Will fit jaillir de ses mains une sphère magique. Ce serait une arme formidable contre Frost, mais pas l'arme parfaite. Il faudrait les pouvoirs des cinq filles réunies : que Will, Irma, Taranee, Cornelia et Hay Lin se battent ensemble, comme elles l'avaient fait quand elles avaient sauvé la Zone Obscure du Non-Lieu.

Une nouvelle mission était-elle en train de prendre forme ? se demanda Will en regardant Irma esquiver une attaque de Frost. Et auraient-elles la force de s'en charger ?

La seule façon de le savoir était de vaincre Frost. Ensuite elles relèveraient le vrai défi : réparer leur amitié !

AARGH !

REGARDE TOUJOURS DERRIÈRE TOI ! C'EST LE SECRET, POUR SORTIR VIVANT D'UN COMBAT !

AAHHHH !

TU VAS MOURIR !

IL NE M'A PAS SENTIE !

TU VAS REGRETTER D'ÊTRE VENU, GROSSE BRUTE !

RELÈVE-TOI, WILL !

?!

TU AVAIS RAISON, FROST !

ARGH !

STUMP

IL FAUT REGARDER DERRIÈRE SOI !

OUCH !

TUMF

IL A DÛ SE FAIRE MAL ?

TU PARLES ! LES MONSTRES ONT LA PEAU DURE !

OOOH !

CRACKZZ KZZ-KZKZZZ ZZ

PETER EST LIBRE !

CE CHAMP MAGNÉTIQUE ÉTAIT RELIÉ À FROST ! QUAND ON L'A MIS K.O., IL S'EST DÉSINTÉGRÉ !

IL EST INCONSCIENT. MAIS HEUREUSEMENT, JE CROIS QU'IL N'A RIEN !

TANT MIEUX ! TU DOIS LE RAMENER CHEZ TOI, TARANEE !

NOUS, NOUS IRONS À *KANDRAKAR* ! FROST Y RETROUVERA SES VIEUX AMIS PHOBOS ET CÉDRIC !

WILL ! LE CŒUR EST *OPAQUE* !

SI ON AVAIT ENCORE DES DOUTES, ÇA CONFIRME QU'IL Y A UN PROBLÈME !

VOTRE ESPRIT DE GROUPE DIMINUE ! ET L'UNE D'ENTRE VOUS A UTILISÉ SES POUVOIRS À LA LÉGÈRE...

ÇA, C'EST POUR MOI !

VOUS N'ÊTES PAS RESTÉES AUX CÔTÉS DE VOTRE AMIE CORNÉLIA QUI TRAVERSE UN MOMENT DIFFICILE !

POURTANT, NOUS AVONS ESSAYÉ !

ÇA NE SUFFIT PAS ! VOUS ÊTES SOUS SURVEILLANCE !

VOS POUVOIRS SONT AU PLUS BAS. À VOUS DE LES RECONQUÉRIR, JEUNES FILLES !

BONNE CHANCE !

NON ! ATTENDEZ !

WZANI

PFF ! JE N'ARRIVE JAMAIS À FINIR MA PHRASE ! ILS ME TAPENT SUR LES NERFS, CES GÉNIES DE KANDRAKAR !

FIN DE L'ÉPISODE

*Retrouve les **5** Gardiennes de la Muraille, Will, Irma, Taranee, Cornelia et Hay Lin dans le prochain épisode de leurs aventures :*

La Force de l'Amitié